Regarde,
nos chemins se sont fermés

Françoise Xenakis

Regarde, nos chemins se sont fermés

RÉCIT

Albin Michel

22, rue Huyghens, 75014 Paris

www.albin-michel.fr

ISBN 2-226-13553-7

Pour Iani.

Ce texte clôt quatre de mes livres : *Elle lui dirait dans l'île, Moi, j'aime pas la mer, Aux lèvres pour que j'aie moins soif, Le Temps usé**. Il s'agit chaque fois du même homme : lui, de la même femme, et du même enfant, Mâ, devenue femme.

Ce dernier texte, *Regarde, nos chemins se sont fermés*, est le dernier que j'écrirai sur lui. Il est émaillé de répétitions, écrit sans ordre chronologique ? C'est qu'il parle, justement, d'une maladie faite de répétitions et de désordre dans le temps.

Sont inclus dans ce récit des moments de

---

* *Elle lui dirait dans l'île*, éd. Robert Laffont, 1997 ; *Moi, j'aime pas la mer*, éd. Balland, 1994 ; *Aux lèvres pour que j'aie moins soif*, éd. Robert Laffont ; *Le Temps usé*, éd. Balland, 1992.

soleils, de joies, de colères, qui ont été écrits il y a longtemps, et qui sont extraits de l'un ou l'autre de ces quatre autres livres. Il me serait impossible de les écrire aujourd'hui, mais ils sont là pour témoigner de ce qui a été, de ce qui demeure l'essentiel. Pour ponctuer, éclairer un récit devenu trop noir.

Autrefois...

... il avait une véritable crèche de bébés genévriers ! Il ne les a jamais regroupés... Il les élevait là où ils naissaient... Il leur parlait, coupait leurs branches jaunies ou cassées par des cornes de vaches sauvages, leur apportait de la terre quand il les trouvait trop dénudés au pied, les recoiffait au printemps quand les vents les avaient trop secoués, il les aimait. Dès que nous arrivions, il allait leur faire une visite de courtoisie – cela c'était il y a longtemps, car peu à peu, j'ai été frappée par ses hésitations. Il allait, sûr du chemin, marchait de son pas régulier, mais soudain il s'arrêtait et repartait dans une direction tout autre, lui qui avait toujours eu un sens parfait de l'orientation et une mémoire des lieux traversés proprement incroyable. Depuis 1951 que nous sillonnions en long et en large la Corse, puis quelques-unes des îles des Cyclades, je ne l'ai jamais vu se perdre, sauf s'il le voulait... Et là, depuis quand ? neuf, dix ans ? moins ? il hésitait, revenait sur ses pas. Parfois il s'arrêtait et, grave soudain, me disait : « Regarde, nos chemins se sont fermés » ou : « Regarde, regarde, Francette, nos sentes se sont perdues. »

« Le temps d'apprendre à vivre, il est déjà trop tard. » Allongée près de lui, je lui lis cette phrase. Souvent je dis ainsi un passage que je trouve important et, souvent aussi, il m'assène un « et alors ? » plein d'ironie qui me renvoie à mes études mal faites. Mais là, alors que je le croyais assoupi, il me répond : « Oui, et c'est bien pour cela que je n'ai jamais perdu mon temps à apprendre à vivre (c'est vrai) et que j'ai travaillé, travaillé. Le temps m'était trop compté, j'ai choisi... » Puis il s'est tu, tendant l'oreille vers la porte du placard où je range, dans la chambre, mes petits riens... Lui, il y entend un piano. C'est sa mère qui joue, aujourd'hui... Il aime son jeu... « Elle a un joli son, tu sais. »

Il est mort doucement, calmement, sereinement. Prêt, soulagé. Je n'avais déjà pas peur de la mort pour moi. Sa fin m'a rassérénée ; d'autant que je fais partie de ceux qui pensent qu'ils sauront décider de la date de leur départ. Mais il faut se méfier de ces décisions-là, car lui ne l'a pas fait quand il le pouvait : je l'ai tant redouté lorsque les portes de la musique lui étaient obstinément fermées. Je l'ai tant redouté mais je n'y pouvais rien car il y a plus de cinquante ans il avait dit : « Quand je ne pourrai plus travailler, quand je serai sec, je partirai de chez nous... et je nagerai jusqu'à n'en plus pouvoir. » Il disait vrai alors, et à chacun de ses voyages seul, je tremblais. Ai-je réussi à le convaincre que ça serait par trop insupportable pour Mâ ? Ou est-ce ma promesse de l'aider à le faire qui l'en a dissuadé ? En tout cas, les vingt dernières années, il comptait sur moi. Et puis il a été atteint par cette maladie qui, justement, empêche d'être maître de sa mort, et de sa volonté.

Il a pourtant eu cette chance, lui qui en a eu si peu dans sa vie, je ne parle pas de ses œuvres jouées dans le monde entier, beaucoup plus que dans cette France où il a vécu.

Venu à pied de l'Italie, il est arrivé ici une nuit de Noël, sans un sou, il s'est pris d'amour pour ce pays qui ne l'a jamais tout à fait reconnu, mais ceci est une autre histoire, désormais finie elle aussi, mais pas oubliée par moi, la née française. Oui, il a eu de la chance, son passage vers le tunnel a été si doux, si léger... comme si, enfin, après cette enfance fracassée, ses exils et cette maladie effroyable, il avait droit à cet apaisement quasi idyllique qu'a été sa mort.

J'ai aimé vieillir près de lui, les marques de l'âge lui allaient bien. Lui, par contre, s'agaçait de ma tendance à m'alourdir. « Attention, tu vas devenir une flaque ! » Gentil époux...

J'avais beau lui expliquer que cela relevait d'une injustice de plus, que les femmes grossissaient après la quarantaine, il me faisait taire d'un « Il n'y a aucune raison que *toi* tu grossisses. »

Il y a longtemps – trois, quatre ans ? non, peut-être sept, les années se mélangent en moi car il n'y avait plus rien pour marquer les débuts ou les fins du temps que nous « vivions » –, nous marchions encore des heures quasi nus dans le maquis corse. Il y avait tracé tant de chemins avec sa machette ou son coupe-coupe, qu'ils se croisaient et s'emmêlaient. Il me fallait mettre des rubans de couleur au faîte des genévriers et des arbousiers pour qu'au soir nous n'errions pas des heures avant de pouvoir rentrer. J'ai su qu'il y a longtemps, il jouait à être perdu. Moi, je l'étais, mais lui voulait seulement que notre marche continue la nuit. Moi ? je n'aurais pas trouvé cela raisonnable.

Oui, il pouvait marcher des heures pour aller saluer un genévrier qu'il avait connu petit, autour duquel il avait élagué, creusé, créé des abris avec d'énormes pierres, pour les vents d'hiver, tige alors douce, vert pâle et fragile, devenue au bout de dix, vingt, trente ans un arbre touffu au tronc noueux. Personne ne peut plus savoir qu'il a été un petit genévrier fragile à qui il apportait de l'eau au pied, l'été, inlassable noria des bidons dans le dos !

A-t-il « décroché » volontairement ? Il m'est arrivé de me le demander. Au début, il a lutté contre ses absences, ses oublis, le mot qui s'échappe, la phrase qui s'arrête, le chemin qui n'est pas le bon. Son écriture s'est rétrécie, recroquevillée, mais les notes qu'il posait à l'encre de Chine sur ses portées étaient toujours celles qu'il voulait, et tracées de la même manière, peut-être un peu plus pointues ?

Longtemps, très longtemps il a réussi à monter nos escaliers trois marches à la fois, heureux d'arriver avant moi qui prenais l'ascenseur et de m'en ouvrir la porte, vainqueur et fier ! J'ai dû le stopper une ou deux fois entre deux étages pour qu'il gagne, mais à peine !

Il n'a jamais demandé le nom de sa maladie. D'ailleurs, les médecins n'auraient pas su le dire : en tout cas, au début, ils n'étaient pas d'accord. Cela ressemblait à un Alzheimer atypique ou à une dégénérescence des plaques blanches frontales... qu'importe, puisque le mal a réussi à l'embétonner comme dans une carapace coulée autour de lui, mais jamais il n'a perdu son sourire, celui d'avant. Celui qu'il a toujours eu en toute circonstance.

Il rit. Le salaud attendait ma colère, que mes forces se décuplent.

Il rit. Prend son temps, en plus il me trouve belle dans ces moments-là.

Vicieux.

Une femme en train de se noyer avec son petit enfant, son chien et son mari.

Et il rit. Volupté autour de moi, plonge sous le bateau. Ses mains sur mes seins.

C'est un comble, nous sommes en train de nous noyer et... Ou alors je me fais peur ? Pour rien ?

Pourtant, on s'est retournés, le bateau est plein d'eau et toutes les trente secondes une vague nous recouvre sans compter les exceptionnelles et le ressac.

L'appareil photo, lui, coule doucement, tournoie, sa lanière crée une petite spirale.

Il tournoie très joliment. Dommage, faisait de jolies photos. Sans parler de son prix.

La mer est notre coffre personnel.

Il hurle. J'ai poussé trop fort. « Brute, tu vas abîmer le bateau. »

Je n'écoute pas. Je nage.

[...]

L'enfant est sur la plage. Transie. Soudain affolée, hébétée de fatigue.

[...]

Ça fait combien de fois que nous nous trouvons dans cette situation sur cette plage ou une autre ? Les années se mêlent et ne sont plus qu'une longue suite de morts par noyade, faim, soif, peur.

[...]

Et puis, il nous a fallu courir contre le temps. Voler trois jours à la route pour les offrir à la mer.

Vinrent les avions.

Les avions et nos bagages de campeurs et le lien en plastique qui retient les casseroles qui se détend toujours à l'orée des portes automa-

tiques de l'aérodrome et les dames pressées, parfumées – « habillées pour » – qui me poussent du bout de leur attaché-case et de leur suitcase, me poussent, moi et mes casseroles, à quatre pattes, incapable de nous recoordonner. Je sais tout des dessous des sacs des dames. Il y a quinze ans, elles les avaient tout rouges du plus grand au plus petit, puis en vernis noir, arrivèrent ensuite les sacs à matelot améliorés. Depuis trois ou quatre ans, elles me poussent avec des bagages marron, constellés de petits dessins jaunes, laids comme tout, mais si chers.

Les avions : nos retours et les hôtesses qui devant nos cheveux raidis de sel, nos vêtements en loques et nos pieds nus, les hôtesses qui trois, quatre fois exigent la présentation de nos billets, sûres d'avoir découvert des clandestins et qui lasses, outrées, péremptoires mais si dignes, nous désignent d'office les sièges arrière, ceux qui ne vous laissent rien ignorer des habitudes intestinales des passagers et qui à leurs yeux semblent être ceux que l'on donne aux munis de « bons de réquisition ».

Ce soir, au chaud d'une maison, une peur qui me remonte du ventre.

Neuf heures de rame sous un soleil de plomb. La fatigue est là, au droit des épaules, et la soif qui enflamme la bouche.

« Et puis tiens, tu es trop sotte. Un paquet comme toi, je n'en ai pas besoin. D'ailleurs tu es une virgule dans ma vie. Moi à tout moment je peux vivre seul – c'est vrai – et depuis ce matin tu geins et transformes tout ce qui devrait être joies profondes en jérémiades insipides. »

Neuf heures que l'on rame avec un bébé de dix mois qui a gazouillé durant six heures mais qui somnole maintenant d'une façon que moi je trouve alarmante et lui charmante.

« Allez, je t'accoste, il y a un village à deux pas avec sûrement un hôtel à sièges en plastique où tu poseras ton mouillé sur le mouillé des autres et tu mangeras ce que tu aimes avec tes semblables... »

On accoste. Mal. On se retourne.

L'enfant... elle flotte entre deux eaux, s'enfonce doucement. Nous plongeons et la ramenons à la surface tenant chacun un pied. Elle a coulé, endormie, un énorme mouchoir dans la bouche et ne s'est réveillée qu'à la surface.

« Regarde, nos chemins se sont fermés »

Là, elle perçoit une catastrophe... Tous ces objets à la mer et elle dans une position inhabituelle, alors seulement, elle hurle.

Ce regard en remontant – le père – si je lui avais donné l'ordre de couler il l'aurait fait, prêt à accepter toute condamnation...

J'aurais dû.

Moi, j'aime pas la mer

Il est âgé, ou plutôt, la maladie lui a creusé, poli, lissé le visage. Les cheveux et la barbe sont parfaitement taillés et brillants. Sur ses épaules, avant que les pompiers ne l'aient emmené en catastrophe, une femme, cela saute aux yeux, lui a enfilé, tant bien que mal, une robe de chambre douce à l'œil, beige, et lui a entouré les épaules d'un châle feuille-morte. Elle a voulu que là où il allait, il se retrouve vêtu des tissus qui portent son odeur.

Assis sur une chaise pliante – l'ascenseur de l'immeuble est petit –, il est conduit par un jeune pompier qui laisse la chaise en appui sur ses deux pieds arrière, ce qui bascule un peu le corps de l'homme, relevant ses jambes nues. Sa couche bleue frappe aux yeux. L'homme est indifférent, plus, hiératique. La femme, celle qui l'a habillé, se tient derrière lui. On dirait la photo d'un étrange couronnement, ou plutôt d'une répétition : manquent les attributs et ornements. C'est nous deux.

À l'hôpital ils n'ont pas osé l'allonger, le pompier a glissé la chaise-trône comme dans une petite aire de vide, pourtant la grande salle des urgences est plus que pleine. Combien sont-ils ? soixante ? plus ? Très vite, il y a une explication à cet espace vital préservé. Le clochard qui est couché sur un brancard. « Il s'est littéralement jeté sous mes roues », dit le jeune homme qui, terrorisé, l'a conduit ici. Le clochard pue. Il pue atrocement la vieille merde et celle du jour, les vins surs renversés sur ses crasses, il a des croûtes, ses sueurs accumulées n'ont rien lavé. Sédiments sur sédiments c'est l'odeur de la merde qui domine.

Au bout d'une heure, un homme de salle lave au jet autour de lui, puis n'y tient plus, il l'asperge. Le sol se couvre d'un jus noirâtre... et toutes les odeurs s'affolent. Revivifiées.

« *Regarde, nos chemins se sont fermés* »

J'éloigne la chaise de l'homme usé par la maladie, tente de nous rapprocher de la grande porte qui laisse passer un air glacial et plein d'odeurs. Ce soir, ce sont celles des feuilles de marronniers tombées et déjà en train de pourrir. C'est l'automne.

– Allô, le 18... les pompiers ? Mon nom est... j'habite 9 rue...

Il a eu un nouveau malaise, ce que les médecins appellent un hiatus vagal ; c'est pratique, cela englobe tous les malaises non répertoriés. Cette fois, l'évanouissement est profond, le cœur s'entend à peine, l'œil est totalement retourné, blanc, je prends peur et, en tremblant, je fais ce maudit 18. Les pompiers arrivent quelques minutes plus tard. Ils sont trois, gentils, ignorants, désarmés devant la maladie et là, c'est la première fois, le caporal-chef est un imbécile vaniteux au langage et à la pensée des plus limités.

D'évidence, il s'est trompé de métier, rien en lui n'est bon, mais il s'aime, et ne doute pas un instant de ses compétences ni de son grade qui l'autorise, croit-il, à toutes les vanités imbéciles.

Il téléphone le pouls à son chef hiérarchique qui lui dit de transporter l'homme inconscient à l'hôpital de son arrondissement et là, je dis non. Tout son dossier est dans un autre hôpital où on le connaît. Si les malaises arrivent le jour, nous allons droit chez « son » diabétologue ou chez « son » chef de médecine interne, mais la nuit seules les urgences sont ouvertes. Ce soir, je ne peux plus supporter ces endroits pourtant si pleins d'humains rares. Je dis non et ajoute : « Eh bien laissez-le, excusez-moi de vous avoir dérangés. D'ailleurs, il va mieux, il revient à lui, et je vais l'emmener par mes propres moyens. »

IMPOSSIBLE. Désormais il est sous la responsabilité du caporal-chef qui va le conduire de ce pas à l'hôpital de l'arrondissement qui lui est échu. Circulez... y a rien à voir.

Je m'obstine, calme mais déterminée. C'est non, je ne le laisserai pas – on est fin novembre – partir sur un brancard pour rester des heures entre deux portes entrouvertes, livré à personne, dans un hôpital que nous ne connaissons pas. La chronicité crée des liens, et dans l'autre hôpital ils le connaissent, ils me connaissent et ça aide, même si l'attente est inhumaine, même s'ils sont honteusement trop peu nombreux et si l'état désespérant des lieux fait reculer les étrangers quand ils en franchissent le seuil – le regard d'un Suisse ou d'un Allemand, d'un Hollandais devant nos salles d'urgences !

Le ton monte, il refuse que je parle à son chef. Ma voix a dû grimper de plusieurs octaves ; à dire vrai, je hurle, car le chef demande à me parler et acquiesce à mon souhait ! Gueule du caporal-chef. Contentement des deux autres qui, d'évidence, souffrent de sa bêtise et de sa suffisance quasi pathologique.

Le caporal-chef regarde le plan pour aller dans l'hôpital qui ne relève pas de son district : une heure trente pour un trajet qui prend vingt-cinq minutes habituellement. Le fait-il exprès ou est-il aussi con que je le perçois ? Un jeune pompier au visage d'archange me tient la main. Je suis épuisée d'avoir eu tant à lutter pour un droit qui devrait aller de soi : être amené là où on est soigné quand, désormais, on est un grand malade. Mais non, les malades sont classés par district. C'est la loi. Faut-il être chef pour obéir au simple bon sens ? Sans doute.

Beaucoup m'ont dit : « Mais pourquoi vous obstinez-vous à aller dans les hôpitaux publics ? » Parce qu'il est ainsi, il aime que les enfants naissent dans les maternités publiques, aillent à l'école primaire puis dans les collèges publics et que ses médecins soient de l'Assistance Publique. Certes, ce sont les moins bien payés, mais ce sont les meilleurs, les plus désintéressés. Malheureusement, ce sont aussi les plus épuisés.

Les cliniques ? Nous en avons tâté mais le hiatus entre le décor, certes plus agréable, et les soins « pointus » était trop énorme et il relevait de traitements parfois très élaborés.

Nous sommes aussi allés dans cet hôpital public parce que David, l'époux de notre fille, y est professeur de médecine. Il s'y consacre à la recherche et il nous a plus que recommandé ces deux professeurs-là, l'un diabétologue, puis l'autre, neurologue. Et moi, égoïste, affolée, impulsive dès que Iani avait un malaise, je l'appelais et, lorsque nous arrivions, il était là, avant nous, et nous accueillait, vêtu de sa blouse blanche de l'hôpital, et il attendait avec nous. Deux fois seulement il est intervenu pour qu'on l'examine plus vite, son pouls ayant des fantaisies inquiétantes. Que de dîners, de soirées nous lui avons fait manquer !

« Nos » médecins travaillaient donc tous dans cet hôpital quasiment nuit et jour, et quatorze ans de maladie créent des liens. Lui et moi n'avons hanté ces lieux que quatorze ans, eux s'y donnent et s'y tuent plus de quarante ans durant. Cela ne vaut-il pas une fidélité ?

Si nous sommes devenus amis ? Pas vraiment, mais nous avions de vraies relations. Peu à peu, ils se détendaient, Iani aussi : il nous est même arrivé de rire ensemble. Quatorze ans de maladies multiples et chroniques : diabète, quadripontage, cancer de la prostate, hernie, dégénérescence du cerveau frontal... Le diabétologue, le médecin de médecine interne, le chirurgien du cœur, la neurologue ont été des personnes magnifiques, des êtres humains totalement dévoués acceptant de s'enterrer avec leurs malades dans ces lieux pour la plupart sordides, forçant notre respect et notre admiration.

Dévoués corps et âme pour des salaires de professeur de médecine chef de service pas mirobolants du tout pour les treize ou quatorze heures de boulot qu'ils abattent chaque jour. La vocation ? oui, et aussi l'amour de l'autre.

Que dire du chirurgien qui l'a opéré du cancer de la prostate, qui lui a fait l'opération lourde sans le prévenir vraiment des séquelles inhérentes ?... Lui, il fait partie de ceux qui, certes, peuvent vous opérer très vite à l'hôpital, mais qu'il faut payer fort cher, sinon il faudra attendre longtemps ? Oui, très longtemps.

Alors, bien sûr, on paie et ce sont souvent les plus pauvres qui réunissent la somme demandée. À ce chirurgien-là, on donne aussi une enveloppe, à chaque visite de contrôle... « C'est de la délation, madame. » Oui, mais il a de la chance, j'ai oublié son nom ! Après avoir souvent attendu longtemps, si Iani n'était pas trop fatigué, lorsque nous sortions de chez lui, nous allions saluer le professeur de médecine interne et le diabétologue... Eux, ils étaient là, à deux pas, disponibles, souriants, et il n'y avait pas d'enveloppes dans leurs services. Fauchés. Ils savent, connaissent le comportement de ce chirurgien. Ils le méprisent. Moi aussi.

Coule-t-il une retraite aisée, aujourd'hui, dans son château ? Oui. J'espère seulement qu'il souffre d'une maladie qui le fait se gratter en permanence jusqu'au sang.

Et puis après, la maladie évoluant, irrémédiablement, vers des problèmes du cerveau, il a été hospitalisé chez la merveilleuse professeur Lucette, neurologue. Le professeur Lucette et son chignon immanquablement de guingois et ses petits escarpins à talons, clac-clac, pour se rappeler qu'elle était, encore, une femme.

Pourquoi ne sommes-nous pas allés en Amérique où il a beaucoup travaillé, vécu ? Nous n'y avons jamais pensé. En Russie ? C'est plutôt pour les dirigeants communistes... En Angleterre ? comme le font les Grecs de Grèce ? Non. Nous étions – je le suis toujours – persuadés que les médecins français sont excellents. Ce sont les conditions de travail qui sont honteuses pour eux, pour nous. Certes, il commence à y avoir ici de nouveaux hôpitaux plus humains et plus sophistiqués, mais durant ces presque quinze ans de maladie que nous avons vécus – elle a commencé en 1987, pour devenir très grave en 1989, il est mort en février 2001 –, il en était ainsi. Par contre, être malade, très malade en province ne relève pas de l'enfer sordide qui régit la capitale. Pourquoi ?

J'ai visité des amis malades à Marseille, à Toulon, à Poitiers. Tout là-bas y est décent, propre, et personne, du chef de service au brancardier, n'a ce teint poussiéreux qu'ils ont ici. Leurs lieux de travail sont rationnels. Ils sont plus heureux, c'est évident.

À Paris, les dispensaires ont été fermés, ces petits dispensaires d'arrondissement qui engrangeaient les angoisses du jour. Le jour où il n'y a plus rien pour aller se réfugier, ne serait-ce qu'une heure, pour tenter de calmer le mal ou l'angoisse. Voir un visage que l'on a déjà vu, parler à son voisin, repartir avec un sourire et un cachet, c'est devenu impossible. Fermés, pourquoi ? Obsolètes, d'accord, mais remplacés par quoi ? Par rien : ne demeurent que les urgences des hôpitaux.

La plupart des centres hospitaliers ont été construits il y a des siècles et la salle des urgences a été prévue pour une population assez dérisoire en regard du nombre de ceux qui s'y pressent maintenant : cela va des sans-papiers qui ne parlent aucune langue, que l'on a trouvés, hébétés, dans la rue, aux ambulances qui arrivent de partout, sirènes hurlantes (ça, ça fonctionne), au père qui amène son fils blessé, à la femme ou à l'homme seul, qui savent que s'ils restent encore seuls ce soir, ils risquent de sauter par la fenêtre... Il faut arrêter ici la liste, mais elle est sans fin car, dans les capitales, la solitude au milieu des autres est plus intolérable que partout ailleurs. C'est pourquoi les urgences des hôpitaux de quartier sont débordées en permanence et que les grands malades « chroniques » qui ont un malaise soudain plus grave sont perdus dans cette marée.

Au hasard de mes heures d'attente mises bout à bout, il m'a semblé que les grands fracassés de la circulation sont dirigés bien plus rapidement vers un bloc chirurgical. Normal.

Ce sont des urgences parmi d'autres urgences. Quant à cette foule qui se presse dans ces halls, elle est devenue peu à peu une cour des Miracles, ou plutôt une plage couverte d'épaves et de naufragés, qui ne seront jamais repérés car ils ne sont sur aucune ligne régulière et personne ne les découvrira là... Et pourtant, si... Certes, on attend des heures dans un bruit épouvantable, tout le monde gueule, veut passer avant. « Et moi, et moi. » Et pourtant, dans ce chaos tout finit par s'organiser : à l'aube, tout est désert, chacun dans un lit ou rentré chez soi, soigné, apaisé, mais que de temps perdu... On se prend à rêver, même si on n'est pas une gestionnaire-née : comment réorganiser ce hangar de réception ? À priori, cela paraît simple, très simple, mais des équipes, et qui plus est des équipes mandatées par l'État, ont bien dû se pencher maintes et maintes fois sur ce désastre, sur cette honte. Ils ont dû écrire plein de rapports qui se sont égarés en haut lieu. En quinze ans, je n'ai observé aucun progrès. J'ai vu des gens mourir... mais j'y ai vu, épuisés mais debout, des médecins aller au-delà de leurs forces et ne jamais abandonner au milieu de cette navrante pagaille humaine. Serait-ce ruineux pour l'État de cloisonner ces urgences et qu'une équipe soit destinée à une fonction, une autre à une autre et que, lorsqu'une ambulance arrive, une équipe fraîche et assez reposée dirige le malade à bon escient ? C'est sûrement trop simple et infantile.

Chemin encaissé, chemin balafré entre deux montagnes sans qu'on en devine la fin. Le soleil se renvoyait d'un pan l'autre, implacable en son milieu. Les mûres séchées sans jus que tu avais beau presser sur les lèvres s'écrasaient pour rien, alors tu m'as baisée aux lèvres pour que j'aie moins soif.

Aux lèvres pour que j'aie moins soif

Trois ans qu'elle voulait caresser toucher de sa main gauche son visage ses épaules, descendre le long de son dos jusqu'au plus creux de l'échine. De sa main gauche qui sentait tout plus fort que la droite.

« Regarde, nos chemins se sont fermés »

La droite, depuis qu'elle était enfant, elle ne s'en servait que pour prendre les objets ou toucher ceux qui n'étaient rien pour elle...

Elle lui dirait dans l'île

– Allô le 18... les pompiers... J'habite au 9...

« Bon Dieu de bon Dieu, c'est quand qu'on me prépare ma chambre ? Je vous préviens, je vais pas rester là, j'aipasqu'saqu'àfaire, à glander des heures ici. Très peu pour moi. »

Personne ne s'intéresse à lui, il gueule dans le vide.

Des policiers, trois hommes et deux femmes, arrivent et entourent une jeune femme très excitée. Elle a été trouvée, nue, sur l'autoroute de l'Ouest, gesticulante. Elle est américaine et un rien affolée par les flingues plus gros que leurs fesses que portent les femmes flics. Elle veut appeler sa mère en PCV à New York. Elle s'affole et hurle : « *But you can see, I am absolutely crazy.* »

« Qu'est-ce qu'elle dit ? » demandent les

cinq flics. Un jeune infirmier semble intéressé par cette excitation et cette douleur, « mais qu'est-ce qu'elle a ? » demande-t-il, trop neuf dans la vie pour comprendre à quoi correspondent ses pupilles tellement dilatées qu'elles lui emplissent presque l'œil. Et c'est le clochard à la grande gueule qui émerge et claudique vers la jeune fille américaine. « Mais elle a un accent anglais à couper au couteau ! Et qu'est-ce qu'elle parle vite ! » Et de raconter, soudain très urbain, qu'il a un frère ; ils ont quitté la Pologne ensemble, il y a trente ans, son frère Shen vit en Amérique et lui est clodo à Paris, mais « attention côté île Saint-Louis, et mon frère et moi nous nous appelons chaque semaine au téléphone et je reconnais parfaitement cet accent ». « Mais vous avez dit qu'elle avait l'accent anglais, ne peut s'empêcher de lui dire une jeune femme flic, envoûtée, le mot est peut-être un peu fort, par cet homme. – Oui, là il y a eu gourance de ma part. » L'argot revient, le visage se ferme à nouveau, il se recule et recommence à hurler. « Alors c'est pour quand c'te chambre, j'va tout casser, je vous préviens », et ouf il prend la direction de la sortie, mais non, il ne dépasse pas la porte.

Ce frère, vrai ? inventé ? Pour exister un moment auprès d'une jeune fille venue d'ailleurs et qui maintenant vomit en gerbes... En plus de la drogue, qu'elle nie, mais ses pupilles le crient, elle reconnaît avoir bu une bouteille de gin.

Un nouveau drame, un nouvel esclandre en chasse un autre. Il y a eu une bagarre dans un café, les voilà qui arrivent tous la gueule en sang.

Une mère, de son pied, essaie d'attraper les mouchoirs en papier souillés de sang qui jonchent le sol, agglutinés à des gants de caoutchouc déjà utilisés. Elle essaie de ramener toutes ces petites ordures et d'en faire un tas, que ça soit propre autour de son fils, blessé, arrivé il y a bien longtemps. Incurable ménagère.

Des bousculades, des hurlements sortent de la salle des urgences. Il y a eu une défenestration dans l'hôpital. Les infirmiers abandonnent ceux qu'ils étaient en train de laver, nettoyer... Les médecins lâchent leur stéthoscope et courent, courent, cognant de leur boîte métallique de soins urgents contre tous les brancards. Une diversion dans leur ennui ? Non, mais une urgence au sein même de l'hôpital c'est plus urgent encore, surtout quand un type se jette par une fenêtre du sixième étage. Quatre heures du matin : « C'est la pire des heures », nous explique un homme qui court avec les autres. Cette défenestration semble avoir réveillé tous ces hommes et femmes qui travaillaient un peu comme des zombies. L'aube, c'est dur à vivre.

Il a onze ans, le visage en sang, deux dents de devant dans la main. Des mômes édentés, il y en a au moins un à chacune de nos visites. Son petit cœur fait tressauter sa chemise couverte de sang. Son père est en train de remplir les papiers. Il attend, là, recroquevillé sur ses dents. Il sait, lui aussi, et dit : « Il ne faut pas tarder pour me les remettre. » Il faisait du skate-board avec son frère. « Mais je viens d'avoir la varicelle, je suis resté couché huit jours, j'étais sans doute trop fatigué, mes genoux ont lâché. Tu me tiens la main, madame, en attendant que mon papa revienne. »

Deux heures plus tard, il est encore là. Il a fallu écarter une vieille, très vieille dame qui semble une habituée des lieux, elle veut l'emmener chez elle. Le petit garçon est terrorisé. Trois heures plus tard, il est toujours là, ses dents dans la main. Son père en a fini avec les paperasses. Sa mère, qui les a rejoints avec le reste de la nichée, a couché, tête-bêche, le petit frère sur son brancard. Le père et la mère lui font comme un paravent de leurs corps : qu'il ne voie pas toute cette fournée de visages en sang qui arrivent, entourés de flics et de hurlements.

Il a le visage fatigué, le corps épuisé, mais il est beau. Ce soir, c'est si rare, nous sommes chez des amis. Il y a une ou deux jolies femmes et cela lui donne un peu de rose aux joues. Le dîner tarde, les invités arrivent de plus en plus tard. Il entame son deuxième whisky. On passe à table, une table rustique avec des bancs. Nous sommes onze, pressés les uns contre les autres. Il fait chaud. Mange-t-il un peu vite ? Soudain sa tête plie et il reste comme en méditation, puis son corps lentement s'écroule en un immense ralenti. Il est sorti du banc, soutenu par ses amis, évanoui... Les médecins, fiers d'eux, appellent cela un hiatus vagal et chacun d'y aller d'un « ça n'est rien », mais ce soir le hiatus vagal se transforme en crise d'épilepsie. Par chance, une jeune doctoresse vient d'emménager à côté. Elle a déjà échangé le sel et le vin avec les voisins, donc elle arrive : il faut l'hospitaliser.

On est presque à Noël, elle fait appel à une ambulance privée qui ne demande pas trois heures d'attente et qui arrive en une demi-heure. Certaines personnes utilisent des ambulances pour se déplacer, sans aller à l'hôpital ! Ça n'est pas si bête.

Encore une fois, l'escalier est très étroit. Après, quand nous sortions encore, j'ai appris à regarder la taille des escaliers... Cahoté par deux gentils gaillards un peu bruts de décoffrage, il a une deuxième crise d'épilepsie. La doctoresse l'avait prévue, annoncée, et nous arrivons dans le service des urgences, à minuit passé. David est là, ce soir ça y pue la vinasse comme un soir de vendanges collectives au village ! Des ivrognes se sont regroupés en grappes. Ils se sont battus avec quoi ? Tous les nez semblent cassés et les arcades sourcilières pissent le sang. Ils continuent et se roulent au sol, un sol jonché de tessons de bouteilles de vinasse mêlée à de la pisse. Un ou deux vieillards se recroquevillent sur leurs chaises...

Chaque fois, je le constate et je l'approuve : tout le monde peut se présenter aux urgences. Les SOS divers ne sont bons à rien. C'est vraiment le dernier refuge pour ceux qui sont trop seuls. Ils viennent passer un moment ici, ceux qui n'ont plus rien et à qui personne ne s'intéresse ; oubliés du monde, ils viennent se réchauffer chez les grands malades de la nuit.

On l'hospitalise dans la salle d'admission des urgences : neuf lits. On le dépose sur l'un d'eux. Il est entouré d'une clocharde épuisée à qui l'on a fait un goutte-à-goutte. Elle commence à reprendre des couleurs. Elle ne semble pas très malade. Elle a rangé méthodiquement, presque trop méthodiquement, ses trésors : des feuilles de papier d'aluminium. Soudain, comme ressuscitée, elle se lève, marche comme une automate, tirant son goutte-à-goutte derrière elle : elle veut laver et aplatir méticuleusement ses petits papiers d'aluminium. Obsessionnelle, elle gratte une tache qui n'existe pas. Silencieuse, elle ne répond ni ne parle à personne : elle a, d'évidence, un travail monstre à abattre. Dans l'autre lit, il y a un colosse impressionnant – un Cro-Magnon que l'on vient de décongeler ? Il éructe, vitupère, exige qu'une infirmière vienne le branler. Son corps est couvert de plaies et au milieu il a un sexe planté comme un pieu, violet, gigantesque, enroulé de veines bleuâtres comme certains arbres africains le sont de leurs racines. « Bon Dieu, je vais me branler moi-même. » Il le fait. L'interne, lui, est à la fin de ses quarante-huit heures de garde sans sommeil. Sa barbe a poussé, ses pas sont lourds, sa blouse est sale, mais les mocassins et le pantalon sont élégants. La montre est belle. Celui-là compense ces nuits si dures par une grande coquetterie. L'homme a pissé sur le dallage et a balancé sa carafe et son verre au sol. L'interne élève le ton, prie l'homme de se calmer. Rien n'y fait. L'infirmière qui passe ses nuits là depuis des années et qui, d'évidence, connaît le monstre, le menace d'un tonitruant « Je vais te la couper », et elle ajoute pour l'interne : « Il n'y a que cela qui le calme un instant. » L'interne de garde a un léger sursaut : est-ce bien médical ? Lui vouvoie l'excité, l'infirmière le tutoie, elle a tort. Je crois qu'elle l'excite encore plus en le méprisant par son tutoiement.

On s'occupe enfin de lui, du « mien ». On l'a déshabillé, on lui a retiré ses vêtements souillés... Il est nu, il tremble, son regard est voilé, comme pâli, délavé. Il a perdu la tête. C'est la première fois, et il marmonne, dans une des cinq langues qu'il a apprises au berceau, des incohérences. La petite clocharde ragaillardie s'approche de moi, pétrifiée d'horreur : « Ça n'est rien, ça revient le matin, en général. » Elle sait, elle.

C'est revenu, mais jamais comme avant. Cette crise à laquelle les médecins n'ont jamais su donner de nom a été le signal d'une inexorable dégradation.

Des orages qui nous laisseront dépouillés, inertes. Des vagues de vent qui nous feront mal. La bruyère nous blessera aux pieds. Nos pas dans la neige feront un chemin aux bêtes et puis, tes mains encore.

Aux lèvres pour que j'aie moins soif

Si, elle lui dirait, même si dans ses yeux elle se voyait midinette éternelle, elle lui dirait que cette fois le petit sapin prend. Que c'est sûr. Trois hivers sans mourir on peut considérer qu'il deviendra arbre. Que chaque soir soleil couché, elle l'arrose, et que de sa main droite elle enserre sa main gauche qui tient l'arrosoir,

« Regarde, nos chemins se sont fermés »

pour croire, juste un instant, qu'il est là et l'aide à soulever cet arrosoir qui a toujours beaucoup plus fui qu'arrosé...

Elle lui dirait dans l'île

– Allô le 18... les pompiers... bonsoir, mon nom est... nous habitons au 9... mon mari...

Après trois heures d'attente dans la mêlée de la salle commune des admissions, Iani a cette fois été hospitalisé dans une salle de nuit à six lits. À côté de lui, un homme dort, l'oreiller sur la tête pour se protéger de la lumière crue et du bruit assourdissant. En face, un clochard est couché, il éructe. Longtemps, je n'ai repéré que les clodos lors de ces visites aux urgences. L'hôpital est leur royaume. Ils en font leur cour des Miracles. Dans ce monde d'épuisés, celui-là est un clochard soûlard et gueulard. Il y en a beaucoup qui ont encore des rages tonitruantes et qui me terrifient, mais il y a les autres, les muets, les vaincus, les terrés là, pour une nuit au moins. Ceux-là m'attirent.

Il me revient encore cette image ancrée à jamais en moi. J'avais dix-huit ans. À la porte de Vanves il y avait un vieux clochard muet, mais qui souriait lorsqu'on lui donnait une pièce qu'il gagnait en jouant, très mal, des airs sur un violon d'enfant. Un jour, j'ai vu un jeune agent briser et piétiner au sol son petit violon. Le vieil homme pleurait, le jeune agent riait. Il n'avait pas obéi à son injonction de déguerpir. Je l'ai revu, plusieurs soirs de suite, le vieux violoneux, couché sur un banc porte de Vanves. Et puis je ne l'ai plus vu. Depuis, il me hante.

« Nom de Dieu de nom de Dieu, c'est quand qu'on me prépare ma chambre ? J'ai dit que je ne resterais pas dans une chambre à plusieurs, vous le savez pourtant, je vais me fâcher, je vous préviens, je vous le redirai pas deux fois. »

Il a dit vrai. Quelques minutes plus tard, sans un mot il balance sa carafe d'eau à travers la pièce. Elle manque de peu un garçonnet, cramponné à la main de sa mère qui, elle, essaie de déshabiller un autre de ses enfants : un adolescent hagard, agité et tellement anxieux. « Mon cœur fout le camp, je vous dis que mon cœur fout le camp. » L'eau et les éclats de verre se répandent sur le sol. Une femme, un seau et une serpillière à la main, arrive. Elle nettoie, c'est son travail de nuit, sans un regard vers le violent, sans un regard pour personne, elle gagne sa vie. Le clochard jouit...

Lucette – merci Lucette –, c'est écrit sur son badge avec son nom de famille. Si j'osais, je l'écrirais aussi pour que l'on sache son courage à « pallier » tout ce qui ne se gère pas. Mais je ne lui ai pas demandé la permission et elle aurait dit non. Voilà une femme neurologue qui s'use dans ce service depuis des années et pourtant ses yeux pétillent toujours et son chignon est toujours aussi mal accroché. Elle sourit à chaque malade, regarde la famille, prend du temps pour parler, oh un peu, nous sommes si nombreux. À une jeune interne, dont les seins gonflés de vie essaient de faire éclater la blouse, je dis : « Vous

vous usez ici. Quand sortez-vous de ce monde qui n'en est pas un ? – Détrompez-vous, répond-elle, nous y avons des joies. » Des joies ? C'est magnifique de pouvoir en trouver dans ce lieu. Je peux comprendre que le sourire revenu sur le visage d'un malade arrivé hagard, fou de terreur, puisse réconforter, mais combien de temps ? Presque tous ceux qui sont ici ne guériront pas. De la tendresse, de la disponibilité, c'est désormais tout ce qu'il leur faut. Cela demande combien d'années d'études pour devenir professeur de médecine ? Vous connaissez le salaire d'un professeur à l'hôpital ? « Ma » Lucette, assez jeune, dont les yeux brillent quand elle parle d'escarpins italiens, aurait pu devenir neurologue avec une belle plaque dans un de ces quartiers autour du Trocadéro où ils pullulent – je connais un petit garçon qui dit « purulle », je ne le corrige jamais – ou dans le sixième arrondissement. Là, la différence c'est que les hommes portent un nœud papillon et les femmes un beau saphir au doigt. Oui, elle aurait pu devenir neurologue dans le privé, bénéficier de tous les ponts et autres arrangements et courir les séminaires et colloques hyper-pointus qui ne se font jamais à Liévin, Houilles ou Romorantin et qui sont, sans en avoir l'air, une source de délassement autorisé pour le conjugo des participants. Le professeur Lucette s'assoit près des malades, leur prend la main, regarde le dossier avant d'entrer et ne se trompe pas de nom. Et, surtout, elle écoute... elle sourit. Ses examens et ses diplômes ne l'ont pas lavée de sa bonté naturelle. Mais alors pourquoi tant d'examens pour pratiquer ce sacerdoce de chien ? « En guérissez-vous parfois ? » osé-je demander. Le professeur Lucette ne me répond pas, mais me sourit du mieux qu'elle sait.

« Attention, dit-elle encore. Attention à la piscine cet été... il ne saura plus nager. » Moi : « Vous voulez rire ! il est champion universitaire de natation. » Elle sourit, le professeur Lucette, mais persiste. « Je vous dis de faire attention... » Deux mois plus tard, Mâ, notre fille, et moi l'entourons près de la piscine. Son corps est en place, tendu en lame pour mieux plonger, et puis après il « nous » fera le dauphin, il sautera et tournera sur lui-même durant de longues minutes. Iani plonge. Le plongeon est parfait. Iani coule.

– Allô les pompiers, mon nom est... nous habitons...

On approche des fêtes de Noël, celles d'une autre année. Les guirlandes guirlandent et les lumières lumièrent. Arrive alors cette boule d'angoisse qui fait le yoyo au creux de la gorge de ceux qui ont le désarroi au cœur, persuadés que les autres, eux, savent qui aimer, et qu'en retour ils sont bien sûr aimés.

Noël c'est presque ce soir. Iani a, de nouveau, un malaise et c'est l'engrenage. – « Ma femme est morte d'un malaise », dit un veuf à un ami qui lui demande pourquoi il est en noir. « Oh, c'est pas grave », répond l'ami. – Le 18, les pompiers qui sentent à vie le cuir trempé et mal séché, les gentils, les doux, les muets, les bavards, et l'imbécile immanquablement un peu gradé qui ne comprend rien. La traversée chaotique de Paris en ambulance hurlante, pour rien, les lumières des fêtes des autres qui balaient le brancard... Des éclats bleus, verts, rouges viennent frapper le blanc de la cabine, c'est joli... et le jeune pompier – un bleu, il arrive de Savoie – qui vous serre une main, celle qui a toujours mal, pour vous rassurer, ou bien c'est lui qui se sent seul loin des siens ?

Nous sommes là, de nouveau, la femme aux tenues bariolées et aux pieds nus aussi. Nous nous sourions, nous saluons, désormais nous nous connaissons, il y a un noyau dur dans ces urgences : toujours les mêmes. Il y a aussi ce même rez-de-chaussée, cet immense hall, ces portes qui battent en permanence, amenant des goulées d'air glacé, mais, ce soir, incongru, il y a un petit sapin de Noël lumineux au milieu de tout ce désespoir. Ce qui frappe comme toujours, c'est le bruit, le vacarme. Tout le monde hurle, l'ivrogne, le clodo, le flic, l'infirmier qui n'en peut plus. Au sol il y a des brancards dans tous les sens. Les quelques box à rideau sont occupés, pour la plupart par des habitués malmenés, rejetés par les vivants de dehors qui, eux, n'ont pas encore officiellement déraillé.

Ils sont là, assis, avec leurs tout petits riens, leur vie tient dans ces sacs en plastique. Cette fois il y a une mère livide, fatiguée, irritée, son gosse a le visage en sang. Une main serrée autour de ses deux dents de devant, lui aussi. Pourquoi est-ce que les petits garçons se cassent immanquablement les dents de devant en faisant du roller ? Tandis que la mère explique, inlassable, à personne, qu'elle préparait le repas pour un ami d'enfance retrouvé qui devait venir dîner... La pièce où elle vit avec son gosse est petite, « alors je lui ai dit : Va faire du roller dans la cour. Je t'appellerai quand ce sera... ». Et puis voilà le petit, terrorisé, qui veut parler : « Z'ai lu qu'il faut que ze garde mes dents cassées dans ma bouche ou alors que ze crache dans ma main. » Et il crache dans sa main... La mère ne lui répond pas, perdue. « Pour une fois que je me permettais une fête pour moi, merci. » Elle lui en veut, au gosse, et elle s'en veut. Cela arrive que les femmes seules qui ont du chagrin aient des mots qui font mal à leur petit. À nouveau, elle lui assène un « et encore merci pour ma fête loupée ».

Une autre femme, petite, très ronde parce qu'elle est vêtue et survêtue de vêtements bariolés. Elle porte un jupon vert, un jupon écossais, une robe plus courte bleue dessus... et un pantalon noir... son corsage est à grosses fleurs. C'est un ensemble, certes incongru, mais qui a de la gueule. Une régionale ? une mondaine habillée pour une fête branchée venue accompagner un malade ? Non. Son visage est maculé plus que maquillé et ses pieds sont nus. Elle aussi traîne sa vie dans des sacs en plastique. Une clocharde ? ou une femme seule depuis longtemps et qui autrefois a été « quelqu'un » ? et pour qui les soirs où tout le monde est censé s'aimer sont plus insupportables que les autres soirs ? Alors, elle vient aux urgences de cet hôpital-là. On l'y connaît, on la garde, on sait qu'elle vient prendre un peu de vie, un peu de chaleur, elle à qui plus personne ne parle depuis des siècles.

Elle est arrivée tôt, nous dit un autre interne à la barbe bleue et aux yeux striés de sang. Lui aussi sent la sueur, la mauvaise, comme tous les autres des autres nuits, celle qui pue la fatigue. « Depuis quand êtes-vous là ? – Quarante-cinq heures, il n'y a pas eu de relève... » C'est tout, il retourne travailler. Il marche avachi, cet homme de trente, trente-cinq ans qui n'a plus d'âge. Tout à l'heure, il reviendra, il aura l'air plus solide, en passant près de nous, il laissera un relent d'éther.

Elle s'est installée d'office dans un de ces box où une fois les rideaux tirés on est « chez soi »... Plus tard, il faudra qu'elle laisse sa place, elle le sait, mais en attendant elle fouille, cherche comme une grand-mère qui a caché le cadeau prévu derrière les draps : que personne ne le voie avant l'heure, et voilà qu'elle ne le retrouve plus !

« Ah, ça y est », et de ses piles de chiffons où sont mêlés quelques sacs en plastique de couleur méticuleusement aplatis et pliés, elle extrait, rayonnante, un petit ours mou comme un vieux gant de toilette. Il a été blessé, lui aussi, ses plaies sont recousues avec du gros fil rouge. Ses yeux ? Il n'en a plus. Elle trottine et l'offre à l'enfant qui n'a qu'une main de libre et qui crache consciencieusement dans l'autre : coquille où gisent ses dents ramassées dans la cour. Mais aussitôt, la mère s'est précipitée et lui a arraché le petit ours des mains pour le jeter au sol, parmi les bouteilles de vin cassées par des clochards jeunes et impatients de repartir vers leur nulle part. Sur le lino sali – strié par les incessants passages des chariots, des monceaux de gants de plastique et de compresses sanguinolentes que les infirmiers laissent tomber au sol une fois qu'ils ont fini de déshabiller un accidenté ou un pochard comateux... des seringues vides aussi –, une petite fille est assise. Elle est à qui ? Elle fait un joli tas de ces ordures qu'on ne viendra balayer que lorsque les arrivages se calmeront un peu. Vers trois heures du matin, paraît-il, il y a toujours comme une pause dans les arrivées. Elles reprennent à l'aube. C'est l'heure de ceux qui ont avalé quelque chose pour en finir.

La mère du garçonnet est impériale, un rictus de dégoût parfait sur le visage, ravie de son acte d'autorité adulte. L'ourson n'a pas bonne mine au sol, son ventre mou perd un peu de son... « T'as vu qu'il est pas propre », et elle le piétine, quêtant du regard une approbation qui ne vient de personne. Consciente de sa cruauté ? Gênée soudain, elle va vers les bureaux. « Alors, vous vous occupez de mon fils, oui ou non ? »

Il faut qu'elle se vide de sa colère, de son angoisse. C'est vrai que c'est long, les attentes aux urgences.

La femme bariolée n'a pas vu que son cadeau a été jeté au sol. Elle est désormais occupée, très occupée, elle va d'un brancard à l'autre, tapote une couverture bleue, un drap jaune, ses pieds nus repoussent discrètement sous les brancards les couches souillées, abandonnées par terre... Elle caresse des joues, remonte une mèche... « Ça ne va plus être long... c'est bientôt à vous... » Elle arrive à calmer quelques angoissés, les clodos se marrent mais ne l'injurient pas, une interne aux yeux épuisés, hyper-maquillée, hyper-parfumée – c'est son armure de travail – lui sourit et lui murmure un merveilleux merci, et le visage de la femme au cerveau un peu embrouillé peut-être, peut-être pas, irradie de bonheur : elle existe, elle donne de la grâce à cet antre béant qu'est cette salle.

Le petit garçon a jeté ses deux dents et tient serré contre lui l'ourson crevé du bide – sa mère marche plus loin, exaspérée, elle veut montrer son irritation au monde. La « petite fille aux immondices » le lui a redonné, un doigt sur la bouche, « chut », pas besoin de le dire aux grands.

Il dort, maintenant, le petit garçon, l'ourson aussi.

La mère ramasse ses petites affaires, on lui a conseillé de repartir avec son fils, de toute façon ses dents n'ont plus leurs racines, on ne peut pas les réimplanter. Qu'ils reviennent en consultation, plus tard. Alors elle va aller, son gosse engourdi dans les bras, à l'autre bout de l'hôpital attendre un taxi en maraude pour rentrer dans sa pièce vide avec son poulet cru sur la table.

L'ami ? Elle n'avait pas laissé de mot sur la porte. Mais est-il même venu... ? Le petit somnole, niché au creux de sa mère, il a l'ourson vidé dans ses bras. Il sourit...

Enfin Iani est ausculté. Nous sommes arrivés il y a deux heures quarante-cinq de cela. C'est un bon jour. « Nous le gardons pour la nuit », mais il faut attendre pour lui dégoter un lit en haut. Il patientera encore une heure, immobile. Les yeux grands ouverts, il ne s'assoupira pas.

Ils ont trouvé un lit, il est quatre heures du matin. Où est celui qui l'occupait avant lui ?

Et moi aussi je vais à la station de taxis. La femme, l'enfant et l'ourson vidé dorment allongés dans l'abribus. La mère attend sûrement l'ouverture du métro.

Un taxi arrive... Je l'ai déjà pris... Je connais le chauffeur, qui dit : « Oh, je commence souvent par là, le matin, vous êtes beaucoup à ramasser. »

Vulgaire sens de la propriété ? Combien de fois, allongée après une « promenade » épuisante dans la rue, je verrouillais et mettais la barre à la porte ? Enfermés dans cet immense appartement qui a toujours été silencieux, avec des airs de cathédrale vide, enfermés avec la maladie qui l'habite désormais avec nous.

RIEN ne peut lui arriver, ne peut nous arriver. Quel orgueil ! Quand le diabète décide de grimper inexorablement jusqu'au coma ou que le sucre tombe et qu'il est là, évanoui, raide comme un mort, comment se croire à l'abri ? Les piqûres deviennent soudain dérisoires, si j'en fais peu, ça grimpe toujours, si j'en fais trop, il peut tomber dans un coma hyperglycémique qui peut abîmer le cerveau... La hantise de tous. Alors ne pas laisser grimper le sucre ? Mais si tout se sclérose dans sa tête ? Le médecin sourit de ma naïveté, mais ne me donne aucun truc : il n'y en a pas. C'est cela le diabète.

Enfermés, allongée près de lui, sa main dans la mienne, durant combien d'après-midi, qui ont fini par faire des années, sommes-nous restés ainsi ? J'étais bien, et j'ai eu souvent l'orgueil de croire que lui aussi, même s'il n'a plus toujours été lui.

Mais être lui, avant, lui était parfois si difficile à vivre qu'il m'est arrivé d'« aimer » qu'absent de tout, englouti dans son enfance en Roumanie, alors que nous étions vieux et en Corse, oui, il m'est arrivé d'acquiescer à son « Tu vois le Danube ? et le bateau de maman ? » Au moins il vivait près de sa mère... Enfin...

Il y a eu une courte période, je n'ai pas joué longtemps avec eux, de lutte entre les médecins quant au diagnostic : Alzheimer pour les uns, démence sénile frontale pour les autres. Comme de toute façon les deux ne se soignent pas... qu'importe. Il vaudrait mieux appeler ces maladies sous le nom de la maladie de l'indifférence, car lorsque l'on a l'une de ces deux maladies-là, *tout* est devenu enfin *rien*. J'ai été pétrifiée par ce monde, le plus souvent muet, de zombies qui erraient dans les couloirs autorisés, leurs noms écrits en gras sur le dos de leur robe de chambre : tous frappés de cette maladie de l'indifférence.

Lui, comme il l'a toujours fait dans la vie, blessé à jamais, il marchait à contre-courant, s'isolait dans un coin ou refusait de se promener. Pourquoi est-ce que j'écris cela ? Je ne l'ai jamais vu déambuler avec d'autres lorsqu'il était hospitalisé dans un de ces services-là. Il restait couché, refusait de se lever. C'est moi qui, lorsque je quittais sa chambre et son service, les voyais, pas lui, et dès que les examens étaient terminés, nous rentrions chez nous. Je cadenassais la porte, triomphante. Il était là, chez nous, encore. C'est seulement dans mon imagination qu'il marche à contre-courant. Sans doute est-ce moi qui m'égare.

Malade déjà, il a connu un immense bonheur : il a vu naître les jumelles de notre fille, Gaïa et Maïa. C'est le seul accouchement qu'il ait jamais vu. Enfant, les nurses et ses vieilles tantes ont dû raconter aux trois garçons orphelins qu'ils étaient la mort de leur mère en couches avec tant de détails macabres que chacun a réagi différemment, mais mal, devant la maternité.

Il a eu si peur durant ma propre grossesse – pourtant désirée par lui aussi – qu'il a été, pourquoi le cacher, odieux chaque jour des neuf mois.

Là, il a été ébloui par la naissance des jumelles, et notre fille, avec deux péridurales dans le bas de la colonne vertébrale, rayonnait de bonheur et de rires. Les trois hommes bavardaient, David, Iani et l'accoucheur. Croyant bien faire, l'accoucheur proposa d'écouter de la musique ! Quelle horreur, de la musique alors que le corps de sa fille s'ouvrait et que naissaient deux petites filles. Inouï, il m'a dit après qu'il n'avait jamais assisté à une naissance, ne serait-ce que celle d'un petit chat. Ce jour-là, il a dû se réconcilier un peu avec la vie.

Au téléphone, un matin.

« Votre mari s'est encore sauvé. Il a été rattrapé par les gardiens. » Rattrapé, quelle horreur ce mot, pourquoi pas par des chiens, mais m'a-t-on dit « gardiens » ?

Pour eux, c'est un signe de plus qui étaye le diagnostic, pas pour moi. Qui ne s'enfuirait de ce lit plastifié et moite alors qu'il y a des arbres et des oiseaux dehors ? J'ai tendance à comprendre et à expliquer ce qu'ils appellent ses incohérences. Pour moi, ce n'en sont pas vraiment, pas encore.

Tempête. Tempête. Deux heures de l'après-midi.

Vents de partout.

Le mistral s'est acoquiné avec la tramontane et il doit y avoir des séquelles du sirocco de la veille.

« Allez, on démonte la tente. On monte dans la montagne. On dormira là-haut. Ça sera merveilleux. Je suis sûr qu'au sommet il y a une vallée avec de l'herbe et des fleurs et peut-être de l'eau qui sait un lac et puis de là on dominera. On verra les golfes, l'île. »

A cru dans la montagne.

Je jure, sacre. Mais pourquoi le fais-je ?

Si je disais une bonne fois non.

L'enfant rit.

Lui, on ne le voit plus. De loin en loin un hurlement « Suivez-moi », par où ?

On arrive au sommet. Violets. Le sang à l'orée des oreilles et lui en plus le souffle rauque. Il a porté un sac beaucoup trop lourd et beaucoup trop vite.

« Mais il n'y a que comme ça que ça vaut la peine. »

Il est malade de fatigue.

Pas moi. Je reprends force beaucoup plus vite.

À vrai dire, je suis bien plus solide que lui. Je démarre moins bien mais tiens plus longtemps.
« Oui mais toi tu t'économises et c'est laid. »

Nouveau rire de l'enfant.

Pas un plat sur la montagne. Il est cinq heures, le soleil, c'est septembre, est rouge noir et chauffe mal.

Il essaie de nous persuader de démaquiser le sommet même un tout petit morceau pour poser la tente mais le cœur n'y est pas.

Il ne nous reste plus qu'à nous lancer dans la descente.

De retour au camp le soleil est derrière la montagne. Il fait froid. On se jette à l'eau pour se réhydrater et les égratignures hurlent...

« Regarde, nos chemins se sont fermés »

La tente remontée, mal, rompus bras en croix nous nous écroulons. L'enfant murmure, conseille que l'on remplisse les sacs de cailloux pour le prochain déménagement vers la montagne « comme ça la tente nous attendra en bas ».

Et puis parce que l'atmosphère est basse et que nous nous sommes couchés sans manger et que la vie soudain nous paraît à nous, parents, un peu dure à supporter, elle prend le relais et propose une bataille de mains. Jeu aussi naïf aussi stupide pour celui qui regarde que le jeu de bataille. Elle a inventé ce jeu vers ses deux ans et maintenant, seins orgueilleux, ce jeu l'enchante encore ou peut-être nous le fait-elle croire ? Ment-elle déjà pour nous ?

Mais trois rires fusent. Vrais.

Moi, j'aime pas la mer

Il n'a jamais été très bavard et n'a pratiqué que rarement ces petits riens qui font le plus souvent une conversation. Autant il appréciait la présence physique de ceux qu'il aimait pourvu qu'ils se taisent, autant il appréciait le silence et ne parlait que s'il le jugeait nécessaire. Aussi ça n'est que très lentement que sa maladie du cerveau est devenue évidente. J'ai eu des presciences... des coups au cœur devant certaines incohérences, mais très vite tout rentrait dans l'ordre et je voulais oublier. Il avait toujours été « décalé » et, je ne l'ai su qu'il y a quelques années, ses tantes l'appelaient, en cachette du père, le « conçu un jour de lune ». Enfant, il était d'une telle naïveté qu'en Roumanie, très jeune, il lui est arrivé de voler de l'argent à sa mère pour s'acheter un petit paquet sur lequel il était inscrit : « Attention, silence secret, un message des habitants d'une autre planète à ne lire que vingt ans plus tard. » Il n'a pas attendu vingt ans pour l'ouvrir, c'était bien trop long ! Et il a été très déçu par le genre humain – les enfants, et plus tard les hommes – quand en ouvrant la boîte il y a trouvé un ruban usagé de machine à écrire !

Je me souviens d'un ami corse, il y a quoi ? vingt ans ! Nous marchions dans le maquis avec lui et notre chienne, l'incontrôlable Anourah, un fox anglais assez foldingue ; soudain la chienne a levé la patte, s'est mise en arrêt, humant l'air. Le Corse s'est figé dans la position du guetteur-chasseur, bien que n'ayant pas de fusil. Il a baissé la voix, prêt à l'attaque : là, un renard... Et puis la chienne est partie en gambadant vers un papillon jaune qu'elle avait vu, elle, de loin. Déçu, Iani ? Non, il était émerveillé : « C'est bien plus difficile de détecter un papillon qu'un renard, non ? »

Notre ami corse n'était absolument pas convaincu par cette théorie.

Une clocharde a fini son travail pour aujourd'hui... Je la connais aussi, celle-là, elle s'appelle Yvonne et nous nous sourions désormais... Elle est minuscule, est-ce une lilliputienne ? Elle a le visage d'une femme qui a fini sa journée et elle entreprend de se déshabiller. Elle a le corps grassouillet, cerné de ceintures sur lesquelles sont accrochées, à coups d'épingles anglaises, des centaines de médailles religieuses. L'interne de garde, comme tous les autres internes vus au cours de ces visites de nuit, hébété de fatigue, titubant, lui sourit, et son visage à elle irradie de bonheur : un bref instant, un humain lui a souri. C'est une habituée. Elle « sait ». Quand il est de garde, elle sait qu'il lui sourira, moi aussi je suis heureuse quand je vois que c'est lui qui est de garde. Elle sait combien il y a d'internes et ceux qui la laissent dormir une nuit dans un lit et « laver mes petites affaires, madame. Ça c'est le plus dur, de rester propre dans la misère, et lui, je le connais », elle baisse le ton pour me murmurer : « Je crois que nous sommes amis... »

Du bas, des hurlements s'élèvent. On entend des gros souliers courir. Il y a des coups mats... Un groupe est arrivé de banlieue « finir » un de leurs ennemis avec sa bande qui le protège, il s'est réfugié aux urgences de cet hôpital. La police est là.

Je ne peux pas rester à côté de Iani, aujourd'hui, on me dit non. J'aime, parfois, à dormir contre lui quand il est seul dans une chambre, mais là, je dois m'en aller et revenir demain. « Vous ne servez plus à rien. » C'est bien vrai. Je suis à nouveau dans le grand hall d'accueil, la sortie est là quand je vois les flics virer tous ceux qui sont venus se mettre au chaud. Les coups des flics se mêlent aux coups des petits dealers, mais les flics sont plus lourds. Tous dans le panier à salade, ils sont curieusement menottés. Est-ce voulu pour qu'ils se mordent, car ils sont certes deux par deux, mais très bien triés : un de chaque bande est attaché à un autre de la bande adverse ! Est-ce pour qu'ils se tuent plus vite ? « Non, pour qu'ils ne se fassent pas la belle ensemble puisqu'ils sont ennemis, ma p'tite dame. » Mais oui, bien sûr.

La salle du rez-de-chaussée est soudain vide, sale, on dirait une fin de marché rayon boucherie-charcuterie.

De plus en plus souvent, il continue à croire que la Méditerranée est le Danube... le fleuve de son enfance. J'ai essayé, il y a quelques étés déjà, de lui montrer la largeur de la mer, de lui dire les noms des montagnes, les Dents de Bavella... les rochers à mi-course... le Tonneau – là, il y a longtemps, longtemps, c'était un grouillement de langoustes. J'ai corrigé, corrigé... J'ai pleuré, mordu les murs de désespoir devant mon impuissance, et celle des médecins. Je l'ai perçue dans leurs yeux ; mais moi, je voulais m'en persuader, j'allais le sortir de ces chemins embrouillés.

Et puis j'ai accepté – cela a été long –, mais ensuite tout a été plus facile. Je ne le corrigeais plus, je ne m'agaçais plus... donc il ne s'impatientait plus. Je lui souriais, comme à un enfant un peu en retard. Je lui répondais ce qu'il voulait entendre et la vie était alors tout à fait supportable, plus que cela même...

Se retrouver muets, presque muets, à se toucher les mains, se sourire... vivre dans un cocon où plus rien d'autre n'existe. Ai-je le droit de dire qu'il m'est arrivé de m'y sentir bien, plus, calme, heureuse ? et si cela pouvait aussi s'appeler ainsi ? Égoïsme monstre de ma part ? J'ai voulu croire les médecins et j'ai vu qu'il ne souffrait pas... si on le laissait libre de vivre dans son ailleurs à lui.

J'ai décidé que je ne l'emmènerai plus dans ce service à l'hôpital – l'emmener, le laisser, quels mots horribles – où on l'a attaché plusieurs fois... et où, c'est vrai, il cassait régulièrement les sangles et devenait agressif. Je m'y suis fait engueuler par les infirmières-chefs qui n'aimaient pas ses actes « incongrus » (*sic*) et lorsque j'ai dit : « Mais il ne fallait pas l'attacher, jamais, car là, il devient, oui, violent, mais en lui parlant, on peut... – Lui parler, mais madame, il ne comprend plus rien. – Bien sûr que si... » J'ai signé le bon de sortie et notre taxi ami qui le charroie et le porte depuis des années l'a pris dans ses bras et en riant nous sommes rentrés chez nous.

Un brancardier nous a souri et a murmuré : « Vous avez raison. » Je comprends tout à fait qu'une infirmière-chef se cramponne à sa discipline... elle a ses repères de femme normale, mais lui justement, il les a perdus, ses repères.

Quant aux sangles... C'est vrai qu'il a toujours eu des réactions de Cro-Magnon à leur égard. Je me souviens d'une banale opération du nez, endormi, sanglé, il y a quarante ans de cela, plus ? « Vous vous rendez compte, madame, il nous a pété les sangles. »

Souvenir de son visage « opéré », sans anesthésie, par les Anglais lors de la guerre civile en Grèce ?... Pourquoi le dire ? l'expliquer ? dans un service où des malades attendent une place dans le couloir... Alors, forcer sur les calmants ?

Avec de simples mots, en l'appelant par son nom et en lui disant que j'allais arriver, il redevenait un enfant très doux. La merveilleuse professeur Lucette le savait, elle, et lorsqu'elle pouvait l'hospitaliser dans son service, tout était plus calme, supportable. C'est décidé, désormais s'il n'y a pas de place chez elle, nous rentrerons. Oui, bien sûr... Je l'ai dit et pourtant il est arrivé que je prenne peur à nouveau. Nous sommes encore retournés là-bas.

Pourtant, même de chez elle il est arrivé qu'il parte dans le jardin, peut-être voulait-il se promener ? Une autre fois, c'est vrai, le professeur Lucette l'a retrouvé en train d'essayer calmement d'écarter les barreaux de la fenêtre. Il avait élaboré un système assez compliqué, mais efficace, à l'aide de ceintures de robe de chambre accrochées chacune à deux barreaux voisins et l'autre bout à deux pieds de lit opposés. En tirant le lit ils auraient dû s'écarter. Il n'a pas eu le temps, mais il lui a expliqué très gentiment comment, logiquement, ça aurait dû marcher, si elle n'était pas arrivée à l'improviste. À l'improviste ? Je n'y crois pas.

Avant quand il partait le matin elle s'enroulait vite dans sa chemise chiffonnée de la veille la serrait contre elle couchait son visage près du col pour mieux se joindre à son odeur. Son corps même souillé gardait l'odeur du savon Au début elle se frottait des mêmes savons restait le même temps sous la douche en vain Ou son corps à elle ne sentait rien ou était sale

Il riait de ses efforts et parfois venait sous la douche et de sa poitrine dure la frottait « Je suis ton savon Là encore là » l'étreinte se resserrait et avant de lui prendre la bouche pour un long temps il lui disait encore : « Tu sens moi »

Elle lui dirait dans l'île

Personne ne semble être au courant. Personne ne nous attend. Nous sommes pourtant dans une ambulance d'hôpital. Il est quatre heures de l'après-midi, une grève générale des métros et des autobus fait que l'on a mis trois heures à arriver dans ce centre d'examen lointain, et il me faut beaucoup de salive et de sourires pour que quelqu'un consente à appeler le service d'où nous venons. Et, deuxième miracle de la journée, la doctoresse en chef du service de neurologie, notre professeur Lucette, merveilleuse de rayonnement, est là, elle répond et confirme que nous avons bien rendez-vous avec une doctoresse, une amie à elle, et qu'une lettre est dans le dossier. La lettre n'y est pas, a-t-elle glissé dans tous ces chaos ? « Ah, c'est un surplus, c'est pour ça qu'on ne l'a pas ! » m'explique, soulagée, une dame. Un surplus, soit...

À l'hôpital où nous allons régulièrement, les rendez-vous pour les scanners et autres examens sophistiqués sont saturés pour des mois... Elle n'a trouvé que cette solution... Être pris en surplus chez une collègue à l'autre bout de Paris, mais l'assistante de l'assistante n'a pas noté ce surplus, d'où cette sensation d'avoir été parachutés là, sans espoir de s'en sortir puisque donc personne ne nous attendait et que l'ambulance est repartie. Il est bientôt six heures. Paris et ses banlieues engorgées. Et nous, on rentre comment ? Et où ? À la maison, bien sûr. Je rêve de rapt dans ces situations-là... De le prendre dans mes bras, de le voler et de l'enfermer avec moi, chez nous.

Mais j'ai fait d'énormes progrès. J'ai appris à ne pas gueuler trop vite, plus, à sourire, et même si mon sourire est crispé et un rien faux, je le colle large sur ma figure, qu'il n'en décolle pas... et j'arrive à ce qu'un service d'ambulances soit alerté, « attendez, ils viendront quand ils pourront ».

Merci, merci, merci.

Nous sommes partis tout de suite après le déjeuner et voilà qu'est arrivée l'heure de sa piqûre de seize heures... Il est très bas, il doit impérativement manger. Je trouve un vieux croissant caoutchouteux et des cacahuètes au bistrot d'en face. Tant pis pour le sucre. Il est ravi et dévore son croissant comme une pâtisserie sublime.

Deux heures maintenant que nous attendons, dans une resserre à brancards. Je sors me montrer. J'ai peur que l'on nous oublie avec les balais, depuis que je sais qu'il est un « surplus ». La langue française a des délicatesses très explicites.

Ça y est, l'amie de « notre » neurologue vient le chercher. Elle lui parle gentiment, elle doit se souvenir du coup de fil de celle qui lui a expédié ce colis. On est entre humains.

Une demi-heure après il revient sur son brancard ; c'est une autre femme qui l'accompagne. Cette fois « il y a des marques dans le cerveau ». Moi : « Des marques ? – Oui, des marques... » Et à partir de cet instant, elle parle fort, précise, sans plus jamais s'adresser à lui, qui n'existe plus. Elle dit « il » en parlant de lui alors qu'il a les yeux ouverts et semble écouter. Va-t-il me demander ce qu'elle dit ? Non, il y a longtemps qu'il ne demande plus le résultat d'un examen, il n'est plus concerné. Cela lui est désormais égal. C'est, me dit-on, le propre de cette maladie-là. Bienheureuse maladie, pourvu qu'elle le protège du désespoir et de l'horreur jusqu'au bout. Ne pas engueuler cette femme devant lui. Il n'a peut-être pas entendu – bien que, je le sais, je l'ai vu, il l'ait entendue. Ça n'est pas de savoir que, cette fois, sa maladie se voie, mais qu'elle ait dit « il » qui m'a bouleversée. Cette fois, Iani a basculé pour eux dans un autre monde : il n'est plus un humain parmi les humains.

Nous attendons sous le porche du dispensaire. Tout le monde est parti. On m'a assurée que finalement une ambulance de « notre » hôpital – c'est encore « notre » professeur Lucette qui nous a sauvés – viendra. Il est près de vingt-deux heures quand nous arrivons « chez nous », dans son service. On lui apporte une assiette de spaghettis et de jambon froid. Tant pis pour le diabète. Des pâtes froides coagulées dans du beurre et du gruyère. « C'est bon », me dit-il, ravi de manger du « défendu » !

Il y a une dizaine d'années, dans un autre service de maladies internes, nous étions rentrés tard d'un rendez-vous médical à l'extérieur. L'heure du dîner était légèrement passée et l'infirmière-chef du soir s'était fait une spécialité, sonnante et trébuchante : des œufs au plat, plus petits pois en conserve et verre de rouge. Il était radieux et n'avait jamais rien mangé d'aussi bon... Je me souviens aussi d'une bouteille de bordeaux, bue en cachette, avec le chirurgien qui devait l'opérer d'une hernie qu'il s'était faite en Corse en portant des pierres antiques trouvées sur notre terrain. Il avait décidé de relever, seul, ce menhir.

Cette fois, je n'ai pas appelé les urgences : nous sommes restés à la maison et je l'ai emmené peu après l'aube dans le service du professeur G., où il est suivi. Il est déjà là, le professeur de diabétologie, livide. Son visage a vu le soleil, la vie quand pour la dernière fois ? Il fait la visite des malades hospitalisés. Ceux et celles qui ont pris rendez-vous, il y a quatre ou six mois, pour sa consultation externe du matin arrivent de partout : des Indiens vêtus en Indiens, des Noirs en boubous brodés d'or, des chômeurs, des femmes enceintes, des enfants. La secrétaire, elle, prendra sa retraite quelques jours après ce rendez-vous et s'étiolera chez elle, seule, en manque de son petit bureau en fer et de sa chaise métallique. C'est elle qui punaisait au mur les photos des bébés arrivés à terme malgré le diabète…

Le professeur G. – vais-je encore obéir longtemps à ce rituel de ne mettre que l'initiale d'un homme qui mérite une reconnaissance nationale, tandis que des médecins mondains s'étalent dans les journaux, au bras de vieilles chanteuses défendeuses de causes mal en point ? – lui, le professeur G., ne va jamais dans ces restaurants chic ou ces soirées, il est trop vanné. Ce matin, il a peut-être annoncé à un jeune homme que son diabète était en train de lui manger les yeux, à cette femme que son diabète est ingérable et qu'elle ne doit pas envisager une maternité dans ces conditions-là, à un jeune adolescent en tenue parfaite de footballeur que désormais il devra se faire au moins huit piqûres par jour et se contrôler toutes les heures en attendant une greffe qui n'existe pas encore. « Alors le foot, monsieur ? – Il faut l'oublier, bonhomme. » À midi, il mangera, débordé, une soupe servie dans le service, demain il réussira peut-être à aller avec ses deux amis, le neurologue au nœud papillon incongru dans ces lieux et le chef de service de médecine interne qui, un jour, a fait du rodéo dans les souterrains avec un Iani ravi, prêt à être éjecté du fauteuil, mais si heureux du voyage, ils iront tous les trois bouffer un steak et des frites pas bien bonnes, un café pisseux, puis ils reviendront dans leur service.

Et le soir, ils rentreront dans des maisons vides, les femmes se sont lassées de retrouver un zombie épuisé et muet qui arrive à lire les premiers titres du *Monde* au lit et qui s'endort. À elle de lui retirer ses lunettes et d'attendre... rien.

C'est une bonne idée de ne pas avoir cédé à la panique, hier soir, de ne pas avoir appelé les pompiers et de n'avoir pas subi ce goulot d'étranglement qu'est le service des urgences.

Ici on le connaît, dans ce service on l'appelle par son nom, on lui sourit et une chambre est trouvée. Enfant, j'avais lu un roman – de qui ? – qui se finissait par : « Tous les drames finissent à l'aube. »

Ce jour-là, à l'aube on lui a trouvé une chambre... Et, dans quelques mois, il s'en ira à l'aube.

Le professeur G. est soucieux. Il ne comprend pas ces comas qui l'épuisent. Son diabète actuel ne les justifie pas et à raison de quatre ou cinq piqûres par jour, faites par moi depuis longtemps déjà – noter, compter l'agace, et il s'y perd –, son diabète est relativement embrigadé. Et pourtant cet abattement, cet épuisement qui le fait désormais somnoler presque en permanence : « C'est peut-être une dépression nerveuse. » C'est vrai qu'il est de plus en plus sombre et exige de plus en plus violemment de partir, de rentrer chez lui. Il refuse d'assister aux cours de nutrition et diététique que l'on donne aux hospitalisés diabétiques pour qu'ils commettent moins d'erreurs rentrés chez eux. C'est moi qui assiste aux cours et joue aux cartes avec les autres, leur donnant deux sucres lents contre un rapide, etc. « C'est peut-être une dépression nerveuse ? »

Rendez-vous est donc pris avec la psychiatre ou psychanalyste du service, je ne l'ai jamais su. C'est pour dans huit jours. J'obtiens la « permission » qu'il rentre avec moi. Nous reviendrons pour le rendez-vous. Promis, juré. Le professeur G. a des doutes. Non, nous reviendrons, je le lui affirme.

Et nous reviendrons au jour dit, bien qu'il ait été très réticent. Nous l'avons promis et la parole donnée, il la respecte, même épuisé. Il me dit pourtant, vieil enfant roublard : « C'est toi qui as promis, pas moi ! »

Attente : une, deux, trois heures, enfin la psy entre dans la pièce et je sais que c'est foutu. Elle ne va pas lui plaire. Elle possède tous les signes extérieurs de la féminité qui l'agacent et du pouvoir que certains médecins blindés contre cette atmosphère délétère de l'hôpital s'imposent : Régécolor violent, coupe trop laquée, costume d'amazone, elle a un regard furtif, lointain sur son dossier, pied nonchalamment accroché à la barre du lit où on l'a fait allonger. Pourquoi ? Il a refusé de se déshabiller. Le talon de son escarpin a un gnon, et je le vois, lui, se concentrer sur cette vieille éraflure. Il a horreur des talons d'escarpin blessés... Ça commence bien.

« Alors, monsieur X., c'est quoi votre problème ? »

Il ne va pas lui répondre ! Cela fait plus de soixante-quinze ans qu'à cette question, quand il répond, il dit « rien ». Là il ne répond même pas. Elle le dérange, c'est visible, il est loin. Elle se penche, essaie d'accrocher son regard. « Monsieur X., c'est quoi votre problème ? Vous devez me répondre. » Alors son regard se voile, il devait être en conversation avec elle, comme il l'est si souvent, et il murmure : « Ma maman est morte quand j'avais six ans. »

La psy se redresse...

« Allons, monsieur X., un peu de sérieux, vous avez plus de soixante-quinze ans, ça n'est pas une nouvelle fraîche, ça. »

Et lui, l'homme dont le cerveau est déjà un peu abîmé – ils l'ont dit, affirmé, doctes –, se dresse et y va d'un très beau « sortez, madame ».

Bien fait pour toi, femme spécialisée en psy et en taches blanches frontales. S'il n'en tenait qu'à moi je te foutrais quinze ans de travaux d'intérêt public : serpiller, gratter le sol des chambres d'examen jusqu'à ce que la couleur du carreau d'origine réapparaisse, par exemple, t'as du boulot ! Si tu n'as pas compris que sa première hémorragie cérébrale ou sa première dégénérescence de la matière blanche du cerveau, même si elle n'a pas laissé de traces détectables par vos si merveilleux appareils, elle est là, béante. Inguérissable depuis que sa mère est morte quand il avait à peine six ans. Imbécile diplômée...

La flûte, c'est peut-être le son de la flûte qu'il a reconnu en premier. Sa mère est arrivée vers lui, le ventre en avant, elle était toujours enceinte, elle souriait et lui tendait un petit paquet long et étroit : une flûte. Elle lui en a joué et a placé ses petits doigts sur les trous. Il avait trois ans. Il l'a gardée longtemps, cette petite flûte en bois perdue lors d'une guerre civile et d'un combat de trop. Chaque fois qu'il voyait une flûte il la prenait, posait doucement ses doigts sur les trous et semblait entendre les sons. Il n'en jouait que très rarement. Du piano, si.

Aujourd'hui il s'est éveillé sans son regard, il est en déshérence. Il va vouloir se lever, marcher, déambuler. Où ? Là ? Non. Là ? Encore non. Il s'énerve, je suis nulle, je le fais exprès. Je ne le guide pas là où il veut aller. Mais où veut-il aller ? Il ne le sait pas. Il cherche une pièce d'avant, de sa petite enfance, et qui bien sûr n'existe pas ici. Son visage exprime un très vif mécontentement. Nous nous asseyons pour regarder des photos. Il ne veut pas. « Alors écoutons de la musique ? du Brahms ? – Arrête, s'il te plaît. » Il ne peut plus écouter de musique. Je peux lui lire quelques textes d'antiques, mais m'écoute-t-il ? Alors je lui prépare un petit repas pour l'occuper. Tant pis pour le diabète. « Mais n'ouvre pas ce frigidaire, il n'est pas à nous, Francette. De quel droit te sers-tu de leur glace pilée ? Tu leur diras quoi quand ils vont rentrer ? » J'essaie de rire et je dis : « Je dirai que c'est toi qui m'as forcée. » Mais aujourd'hui il est trop loin pour jouer... À moi de le ramener, de lui ouvrir les armoires pour lui montrer ses vêtements, les lettres à son nom, à mon nom. Il arrive que j'aille jusqu'à lui sortir l'acte de propriété de l'appartement et, magnifique, il balaie tout d'un « ça ne prouve rien », mais il est moins agité, moins inquiet, son absence est sur le point de finir, ou alors c'est mon calmant ? Dès qu'il se perd en lui, incapable de le supporter, je lui tends un comprimé, il ouvre la bouche, atrocement docile. Je vais finir par le faire combien de fois par jour ?

La maladie avance. Nous en sommes à plus de douze ans de cohabitation, c'est encore gérable, mais dur !

Résumons : cela a commencé par une péricardite virale attrapée, a-t-on dit, dans un avion Paris-Moscou, par le filtre à air plein de virus ! Impossible pour lui, curieux de tout, de monter la petite marche de la place Rouge de Moscou. Hospitalisé une première fois, « guéri », il s'écroulera à Oxford, souffrant terriblement. Il étouffe. Retour à Paris : urgences. Hospitalisation mais c'est la grève des ambulanciers à l'hôpital, alors le médecin-chef du service l'enveloppe, le pose dans un fauteuil, le sangle avec son écharpe et court dans les couloirs souterrains de l'hôpital, dérangeant les rats et quelques parties de cartes et divers commerces. Ce chef de service connaît les circuits par cœur, il négocie ses virages à merveille, ses yeux rient enfin un peu, c'est un triste congénital. Mais ce plus qu'il a à faire, charroyer lui-même un malade, lui fait du bien, le détend, Iani rit aussi... un peu, soudain presque deux copains.

On ponctionne l'eau qui l'étouffe et lui écrase le cœur, mais elle revient, cette eau. Et les techniques sont désormais si perfectionnées que le chef de service, pour soulager son malade, passe à la vitesse supérieure et prescrit de la cortisone. Le résultat est miraculeux. Il ressuscite en quelques jours... Mais entre autres exigences que Iani avait imposées à son organisme, il lui interdisait de se nourrir à midi pour cause de perte de temps ridicule, abîmant ainsi son corps, et cette cortisone fait exploser un gros diabète désormais insulinodépendant caché sous une légère propension prédiabétique détectée il y avait des années de cela en Amérique. Bien aimable, elle ne s'était pas resignalée. Pas un médecin ne le reconnaîtra officiellement, seul le regard horrifié du diabétologue rencontré dans le métro, lorsque je lui explique qu'il a été « guéri » de sa péricardite grâce à de la cortisone et qu'il a murmuré : « Les cons » puis qu'il s'est ressaisi, seule cette scène me fera comprendre l'erreur car plus rien, jamais, ne sera dit. Si ce n'est, encore, le regard navré du chef de service de médecine générale quand, un an plus tard, on comprend que son cœur ne fonctionne plus comme il le faudrait même si désormais il y a la discipline des piqûres d'insuline. Très vite Iani s'est désintéressé de cette maladie qui l'habite : il travaille, et c'est moi qui m'occupe des piqûres et contrôle le sucre, il accepte en souriant, et il ne s'attarde pas sur ce mystère des crises d'hypoglycémie qui lui changent le caractère et l'envoient au sol sans grands signaux d'avertissement ! Il fait avec.

Un quadripontage est pratiqué le 15 décembre 1989. C'est la seule date retenue durant toutes ces années car son premier petit-fils naît en avance tandis qu'on l'opère, le même jour ! Le bébé né avant l'heure et le crâne cabossé parce que sa fille – inconsciemment ? – l'empêchait de sortir de peur que son père ne meure durant l'opération, au moment où le garçon verrait son premier jour. Elle trouvait – et elle avait raison – que c'eût été bien lourd à porter pour ce petit garçon-là.

Noël est proche. Les services vont être vidés de tous les responsables. Il m'est fortement conseillé de « le » reprendre. Six jours après son opération, il est à la maison. Toujours épris de non-confort, il décide de rester allongé sur un canapé dans la grande pièce. Couturé de partout... des tuyaux... Une infirmière vient deux fois par jour pour les pansements. Pour les piqûres, nous reprenons nos habitudes. Il est content de vivre, son regard est clair. Ébloui par le nouveau-né, si laid, alors.

Il compose à nouveau. Il s'est arrêté quinze jours peut-être. Nous voyagerons à nouveau. Nous irons encore en Amérique mais là, pour la première fois, il n'ira pas au musée plein de dinosaures rafistolés qui l'enchante. Il restera allongé dans sa chambre.

L'année d'après nous sommes encore allés au Japon avec David et Mâ. Ce voyage-là, nous n'aurions pas dû le faire.

Il sourit, mais il continue de maigrir, d'être fatigué. Il refuse désormais les voyages, les conférences, les rencontres, mais il travaille, compose. Son corps fatigué avoue soudain toutes ses maladies et cette fois c'est un cancer de la prostate. Il choisit l'opération, la grosse – celle que le président de la République d'alors a refusée, celle qui fait que vous n'êtes plus un « homme » –, mais débarrassé de ce crabe il pourra retravailler : il n'a pas fini de faire ce qu'il a à faire.

Auparavant, il avait été opéré d'une hernie. Ça n'est rien une hernie, sauf lorsqu'on vous recoud avec des staphylocoques dorés, cadeau de l'hôpital ! Abcès, abcès, abcès... et le diabète monte et l'homme qui mâtait une tempête, enfin qui se frayait un chemin au creux d'elle, avec sa pagaie et une coquille de noix, s'épuise, se voûte, se réfugie encore plus dans le silence, mais il continue de travailler. Il crée des œuvres de plus en plus courtes, de moins en moins aérées.

Et désormais l'homme, lui qui n'avait jamais eu d'âge, est âgé. Son diabète est devenu fou, incontrôlable. Son caractère change, lui le muet, le distant et le parfois si merveilleux, devient agressif, injuste, et je commence à mentir, « je passais près de ton studio, par hasard, alors je suis montée te chercher » car lorsqu'il revient de son studio de travail, à deux rues de chez nous depuis plus de quarante ans, il ne sait plus où est la rue dans laquelle nous vivons, et il se perd.

Et c'est la tournée des neurologues, la ronde des diagnostics faux et des traitements qui provoquent des drames, les folies que peut entraîner un petit comprimé donné à tort, en toute bonne foi, par la famille puisque le docteur l'a prescrit, jusqu'à ce que tout soit balancé dans la poubelle.

Désormais il est malade, très malade. Il ne parle pratiquement plus, ne marche pratiquement plus, mais il reconnaît ses proches, sourit, et son visage retrouve, un instant, toute sa grâce, devant ses petits-enfants, mais il y a parfois une demande intolérable dans son regard, une demande qu'il ne formule pas.

Lui qui, lorsqu'il était jeune et lucide, était hanté par la peur de perdre la tête. « Tu me promets que tu m'aideras à ne pas... » me disait-il et je le promettais.

Se tuer soi est plus facile ; les remèdes, désormais on les a tous. Il suffit de s'isoler quarante-huit heures. Mais donner la décoction à un autre et attendre au pied du lit ? combien d'heures ? Cela m'est impossible pour l'instant. Chaque jour je trouve que non, « il n'en est pas encore là, et puis il m'a souri, il m'a tenu la main ». Il a parfaitement reconnu sa fille, Mâ, le temps n'est pas encore venu... Les vétérinaires ont le droit d'arrêter la souffrance, pas les médecins, pas les proches...

– Allô le 18... les pompiers... mon nom est...

Cette fois nous n'avons attendu que deux heures aux urgences, victoire ! Nous sommes passés dans le sas de l'hospitalisation en chambre commune de nuit. L'habitude fait que nous nous sentons arrivés quelque part. Je reconnais l'infirmerie de nuit. Le jeune interne qui rêve d'aller au ski... ça y est ? « Non, je n'ai pas encore pu trouver le temps, pas de remplaçant. »

Certes la lumière est crue, il y a des éclats de voix, des chariots que l'on traîne ou cogne contre les portes, une fois pour toutes la taille des portes ne correspond pas à celle des chariots-brancards, mais ça n'est plus la cour des Miracles d'en bas. L'infirmière va me laisser m'allonger un peu près de lui : qu'il s'endorme, et je repartirai... Et je le retrouverai dans la matinée dans « son » service de diabétologie, avec « son » professeur qui arrive le matin vers huit heures et repart le soir vers vingt-deux heures ; été, hiver, printemps, automne, il est là, le mocassin un rien avachi, la chaussette molle, les poches de blouse bourrées... de quoi ? Chauve, petit, les yeux bleus rieurs, des dents éblouissantes. Il vit dans cet hôpital, pour cet hôpital, depuis... ? Alors sa vie à l'extérieur a capoté. Il n'avait pas assez d'attention pour celles qui auraient voulu l'aimer et vivre avec lui, dévoré, avalé par son service. Et pourtant ses yeux rient, essaient de dissiper la tension. Sur les murs, des photos de bébés splendides, nés de jeunes femmes diabétiques. Ce sont les marques de sa réussite, de son bonheur, de son pourquoi il est là, loin du jour, d'une autre vie. Il mange à la cantine de l'hôpital, boit le café de l'hôpital. Quand il a un coup de pompe, il mange un bol de cette soupe à l'odeur immédiatement repérée dans les couloirs. Elle colle à tout.

Parfois l'hiver, vers quatorze ou quinze heures, on voit deux ou trois professeurs, on les reconnaît aux mocassins, certains osent les pompons de cuir, mais ceux-là, il faut s'en méfier, il arrive qu'ils fassent payer leur consultation, ceci explique les pompons. Revêtus du manteau bleu de l'Assistance Publique, ils sortent boire un café. Ils rient, shootent dans un caillou sur l'allée centrale. Ils ont l'air en goguette. Ils seront de retour dans dix minutes. Combien de fois les ai-je aperçus lorsque j'allais vers la sortie après lui avoir rendu visite ? cent fois ? cinq cents fois, plus ?

Le professeur G. n'a pas de pompons à ses mocassins et il remplit son Caddie, me raconte-t-il, le dimanche matin, après sa visite, dans un hypermarché de banlieue, pour quand ses fils viendront le voir. Viennent-ils ?

Désormais, je suis cette femme qui accompagne cet homme usé, lissé par la maladie depuis des années, et je les fais rire, je les détends et ils se racontent, un peu, « oh que cela fait du bien », dit le professeur. Dès l'enfance, je n'ai réussi à me faire accepter, ai-je cru, qu'en faisant rire. Aussi on me taxe de rigolote, de marrante, de pas sérieuse, ce qui faisait dire à Iani lorsqu'il parlait : « S'ils savaient ! »

Cela va faire plus de cinquante ans que nous vivons l'un près de l'autre. Longtemps il a été un magnifique homme au corps délié, aux muscles longs et aux dents de jeune loup. Il savait étreindre, se lover au creux de l'autre comme personne.

Et depuis plus de cinquante ans, j'ai décidé de communiquer avec lui, l'incurablement sérieux, par l'humour, car il en manquait pathologiquement, et moi, je dis bien plus et mieux en faisant semblant de ne pas être sérieuse... je n'aurais jamais osé lui parler tant il m'a impressionnée et intimidée ma vie durant.

Depuis mon enfance, j'ai joué du rire, de la blague, c'est ma façon de parler, de dire ce qui ne passerait pas autrement. Cela lui plaisait, je tiens juste à dire, une fois seulement, que j'en ai tellement joué, d'abord pour lui et avec les autres, que maints de mes confrères et non-amis se font un plaisir de répéter à l'envi que je dis n'importe quoi, donc que je pense n'importe quoi... Finalement pas plus qu'eux. Et si c'était vrai, comme la vie me serait plus facile.

Désormais je suis devenue une mécanique rieuse et je fais rire les médecins, surpris d'abord, très vite beaucoup l'acceptent. Il n'y en eut qu'un à s'étonner, choqué, le rituel n'était pas respecté ! Je ne le regardais pas comme le docteur, l'Herr Professor déifié dont on attend un mot, un seul, lui le détenteur de vie, il faisait partie de ceux qui aimaient que l'on murmure, yeux baissés, sa supplique, nous les manants ignares et faibles devant lui. Mais, au fil des années, je l'ai vu changer, s'humaniser lui aussi. Rire ? Non, jamais, mais le professeur G. et le professeur L.C., un autre merveilleux neurologue – à nœud papillon, mais il est hors la clique –, l'ont aidé, un peu, à oublier sa rigidité et ce vieux code du dominant au dominé pratiqué encore le plus souvent dans les universités et les hôpitaux au milieu du siècle qui vient de finir et que je connais bien !

Au cours de nos promenades et de nos errances, il est arrivé que je m'agace, élève le ton, je l'avoue. Et c'était alors intolérable. Lui, l'insoumis permanent, redevenait un enfant : il obéissait avec un regard de chien battu, il essayait de courir et cela me déchirait les entrailles... mais il fallait bien rentrer.

Ou je lui disais, lorsqu'il rigidifiait son corps en refusant d'avancer : « Laisse-moi me tromper, mais s'il te plaît, viens avec moi. » Notre différence de taille, impressionnante, fait qu'il m'a toujours protégée physiquement, alors il souriait, mâle à nouveau, et bras dessus, bras dessous nous partions, mais désormais c'était moi qui soutenais ce corps immense, amaigri, accoté au mien, et nous arrivions ainsi, arrimés l'un à l'autre, jusqu'à la porte de notre appartement, et là, je ne disais rien. Au début j'y ai bien été de quelques « alors tu as vu que c'était le bon chemin ? » À quoi bon... superbe de mauvaise foi ? non, il avait oublié, il me regardait étonné et me demandait : « Mais pourquoi me dis-tu cela ? »

Au début, il m'est arrivé d'accepter de le suivre. Une fois le diagnostic établi après pas mal d'erreurs humaines et médicales, j'ai continué à me taire, comme si ne pas l'admettre allait retarder l'inéluctable, pensais-je, même si tout mon corps l'avait compris... Je le suivais... et il partait, marchait mieux ! Mais très vite, il se lassait car la rue qu'il cherchait n'était pas là. Était-ce l'allée jalonnée de marronniers qui allait à sa maison en Roumanie ? la grande rue près d'Aumonia, à Athènes, où son père, enfui de Roumanie en 1939, faisait survivre ses trois fils dans un appartement sans chauffage, mais *bourrrgeois* ?

« Tu te rends compte », me raconte chaque fois un ami de combat qui, lui, arrivait d'une île nue et très pauvre, « il n'y avait rien à manger mais il y avait toujours une nappe blanche chez son père ! »

Son école à Spetsai ? ses prisons, le camp ? la maison en Amérique ? Non, pas plus que les chambres d'hôtel sordides de son arrivée en France, elles ne sont jamais revenues le tarauder. Seule sa mère… et le Danube.

Vint une époque de la maladie où il s'inquiétait, toujours le soir, de ses deux frères – morts tous les deux, il y avait des années de cela. Il m'est arrivé, maladroite, de rétorquer un trop rapide « mais voyons ils sont morts ». Alors son visage se décomposait et tout le chagrin qu'il n'avait pas montré à leur vraie mort surgissait. Alors après je mentais… Je disais qu'il était trop tard, là où ils vivaient, pour les appeler. Parfois, j'appelais vraiment sa belle-sœur, la femme de son frère cadet. Au début, elle pleurait et lui confirmait qu'il était mort et puis elle aussi elle a cessé de le dire : « Il s'est absenté », « il rappellera dès qu'il rentrera », et il oubliait. Et puis quelques jours plus tard il s'angoissait à nouveau et exigeait de leur parler. Une fois, pourquoi ? je ne le saurai jamais, j'ai dit : « Je fais le numéro et tu parles à Cosmas. » Alors il m'a dit : « Non... Laisse. » Savait-il confusément qu'ils étaient morts mais ne voulait l'accepter ?

Emmurés, portes cadenassées, j'ai cru que nous vivions encore. Égoïste ? j'y ai trouvé plein d'instants qui ressemblaient à s'y méprendre à du bonheur, oui, c'est le mot juste : du bonheur. Dans ces quatre murs, dans cette chambre où sont les tableaux qu'il aimait, ceux que j'aimais... Cette chambre qui, au fil du temps, s'est alourdie de menus petits riens ramenés de partout mais qui se ressemblent, et cette même odeur d'ambre et de fleurs blanches diffusée depuis si longtemps.

Ici, la maladie n'a jamais imprimé son odeur : interdite de séjour.

Un jour, il n'était pas encore alité mais il restait désormais à la maison, inoccupé et pourtant serein, notre fille, Mâkhi, était venue déjeuner avec nous et puis elle et moi avions décidé que j'allais profiter de sa présence pour sortir, aller faire je ne sais plus quoi, peut-être souffler une heure tout simplement. Leur déjeuner s'était parfaitement passé, ils avaient eu une conversation agréable, si ce n'est qu'elle avait remarqué qu'il la vouvoyait, elle ne l'avait pas relevé. Le déjeuner terminé, il l'avait priée de passer au salon et là, elle avait été désemparée car il y a, il y avait, un rituel : lorsque nous avions fini de déjeuner ou de dîner et que nous n'étions que nous trois, nous nous jetions littéralement sur mon lit, et là, Mâkhi se glissait entre nous deux « sur la tranche » tandis que nous essayions de l'en empêcher. Pour finir, elle, en sandwich entre nous deux. Enfant, elle était ravie d'être le jambon et nous seulement le pain. Désemparée, mais incapable de dire son étonnement, elle s'est assise près de lui, dans ce salon, et là, elle lui a parlé de sa peinture, de sa sculpture... de ses doutes, de ses progrès. Il l'écoutait et répondait parfaitement et puis soudain, il lui a dit : « Oui, je sais. Je suis moi-même compositeur et travailler, créer est un immense pari, une immense satisfaction, parfois, mais cela exige des sacrifices douloureux. Ainsi, moi, je me suis interdit d'avoir des enfants... Créer exige la solitude, aussi vous, vous ne devez pas. »

Alors Mâkhi s'est dressée, les larmes aux yeux, ce qu'elle redoutait et ne voulait pas reconnaître était arrivé. Il ne savait plus qu'elle était sa fille.

Elle a couru dans la maison, ramassant toutes les photos d'elle seule, avec lui, avec nous deux à tous les âges, avec ses enfants... « Mais papa, je suis ta fille : regarde là, avec toi, encore avec toi... » Mais lui la regardait, regardait les photos et hochait négativement la tête. Avant de se jeter dans ses bras en larmes, elle a pensé à lui demander : « Mais alors je suis qui si je ne suis pas ta fille ? – Mais une amie de Françoise, elle est en retard et je vous tiens compagnie du mieux que je peux. »

Mâ sanglote et se tait, elle ne tente plus rien vers lui. Lui ? il avait l'air, me confia-t-elle, songeur et ennuyé... et il lui a enfin dit : « Mais alors, si vous êtes ma fille, il va falloir l'annoncer à Francette, elle doit le savoir. » Certes, elle aurait pu rire de ce qui devenait un vaudeville, mais elle n'a pas ri. Elle a essayé encore de lui dire que Françoise était sa mère et lui son père, mais ça ne passait pas.

Quand je suis rentrée, ils étaient allongés sur mon lit, main dans la main. Mâ avait le visage bouleversé, mais lui était heureux d'être avec sa fille enfin retrouvée. « C'est doux », m'a-t-il murmuré. Elle m'a attirée dans une autre pièce et sa peine est à nouveau arrivée, « papa ne m'a pas reconnue... papa ne m'a pas reconnue ».

Lui ? pour lui, ce moment n'a jamais existé. Elle ? jamais elle n'oubliera que son père, certes malade, un jour, durant de longues minutes, l'a niée, lui qui l'aimait tant.

Désormais, lorsque le désespoir est sur le point de nous submerger et que nous sommes seules, nous nous autorisons toutes les deux notre thérapie par l'humour noir et l'une des deux dit à l'autre en essayant de l'imiter :

« Regarde, nos chemins se sont fermés »

« Mais alorrs, si tu es ma fille, il va falloirr le dirre à Frrancette, elle doit savoirr », et nous rions, rions, enfin je veux croire qu'elle en rit vraiment.

Pleine mer.

« À combien on est d'un pays, Baba ?

– Oh, vingt-cinq kilomètres, à peu près, ma fille. »

Et voilà une fille de quatre ans, un canot de toile, deux rames de bois, de pas bonne qualité, et deux adultes à vingt-cinq kilomètres... Mais pas le long des côtes, ça serait trop simple. Au large, cap direct. De pointe à pointe. « Sur le trajet des long-courriers », me dit avec fierté celui qui est mon compagnon et chaque été mon patron...

À hauteur des pelures d'oranges et des étrons des premières, deuxièmes classes et ponts de vacanciers.

« Oh, Baba, regarde le gros poisson.

– C'est un dauphin qui joue. »

Un dauphin ? Seul ? Il m'a toujours dit que les dauphins étaient en colonie...

Moi : « Tu es sûr que ça n'est pas un... » Ne pas dire le nom, ne pas effrayer l'enfant, ne pas la traumatiser ce cher petit ange, qui veut aller plus près du beau dauphin.

Elle est en palanquin glissant, ses deux petites pattes plus que bronzées, agrippées au rebord, surmontées d'un petit chapeau blanc que nous mouillons inlassablement afin que son sang ne boue pas dans sa tête.

« Plus près, Baba. Plus près Baba. »

Alors que mon but est l'autre pointe.

Moi : « Non. Nous n'avons pas le temps. »

Lui : « Tu ne joues jamais avec l'enfant. »

Elle, chipie : « Tu ne joues jamais avec moi. »

Cinq heures que nous ramons. Après avoir brûlé, le soleil rougeoie, on est fin août, la nuit viendra vite et cette pointe qui n'approche pas et ces lunettes qui me glissent et me font des marques, mais que je ne quitterai jamais. Je veux guetter ce cap. Le surveille, le contrôle, qu'il ne recule pas pendant que je ne le regarde pas.

Non, je ne joue pas avec l'enfant parce que, à la nuit, nous nous cognerons pour accoster *contre des mauvais rochers et que j'ai tout simplement peur et que je ne veux pas ramer la nuit et que la petite aura envie de pipi, puis faim, puis sommeil et que lui, parce qu'il ne trouve pas plus les choses dans le noir que dans le blanc du jour, aura perdu les piquets de la tente et que moi j'installerai le gaz juste de guingois, là où il y a du vent et que j'inventerai, à coups de planches traînées, un paravent « juste où ça ne sert à rien » et qu'un soir de plus, je jetterai les pâtes, excédée, dans de l'eau qui ne bout pas ; qu'elles se colleront les unes aux autres.*

Je sais tout cela et c'est soudain que lui m'appellera : sans doute juste au moment où j'aurai laissé tomber la gamelle brûlante dans le sable et que j'essaierai comme une aveugle avec mes paumes d'essuyer le sable agglutiné sur mes spaghettis.

« Laisse tout, laisse tout, viens voir, j'ai découvert une nouvelle étoile, elle n'était pas là hier... »

Non. Le soir lorsqu'on est sauvé encore pour une fois, je quitte mes lunettes et jamais,

jamais, ne vois les nouvelles étoiles qu'il découvre.

Je rame tout droit, tout sec, hargneuse.

D'ailleurs, il n'insiste pas pour aller près du dauphin. Doucement, il caresse le chapeau de la petite pour la faire changer d'avis.

Au bout d'un moment, tandis que les cercles du dauphin se rétrécissent autour de nous, il murmure :

« Dis-moi, où est mon couteau ? »

Voilà. J'avais deviné. C'est un requin. Et d'un coup d'aileron il va nous ouvrir ce misérable petit bateau. Mais l'enfant... elle a le droit de vivre, non ? À quatre ans, ça n'est pas elle qui s'est embringuée dans ce voyage et les requins ça aime la chair toute fraîche. Il commencera par ses jambes, rien que son petit pied rond qui sortira de la gueule rouge. Horreur. Je rame trop vite à contre-rythme de lui.

« Tes coups ne servent à rien », et moi je hurle qu'ils ne serviront jamais à rien, qu'il faut être fou, malade comme il l'est pour ne pas voir la disproportion de l'entreprise : la taille de la mer, et la grandeur de ma rame, d'ailleurs LUI n'a qu'à se plier à mon rythme.

« Tu es un dangereux malade mental. Nous sommes en danger avec toi... »

Coups de reins agacés du Maître... Une vague dans le bateau.

« Tais-toi, je te prie, ne sois pas basse. »

Ma fille va être dévorée sous mes yeux parce que j'ai accepté que ce fou dirige nos vacances.

Il est bien entendu que le requin ne commencera pas par moi, il mangera d'abord ma fille puis après le déchiquettera, le gaspillera, lui, et moi, je verrai tout et resterai parce que le requin sera repu.

« Tais-toi et rame profond. »

C'est vrai, ce qui compte c'est s'éloigner. Aller plus vite que le requin.

[...]

S'il avait senti que nous transportons de la petite chair toute neuve ?

Si nous arrivons... je la prends dans mes bras et l'emmène. Plus jamais il ne la verra. C'est un dangereux. Mais moi, moi, j'ai la responsabilité de mon petit.

Arrivons. Courbatus. Dix heures de bateau, les bras raidis à jamais.

« Regarde, nos chemins se sont fermés »

Le visage tellement durci par le sel qu'aucune expression ne peut plus s'y lire.

« Tu vois, tu es contente d'avoir fait ça. Tu as battu ton record. Je ne croyais pas que tu y arriverais. Tiens, je vais te dire, tu t'es sublimée... »

Je ne suis pas contente d'avoir fait ça. Je m'en fous.

[...]

« En tout cas, bravo. Moi, je n'ai pratiquement pas ramé. »

Le salaud. Le salaud.

Il s'est laissé charroyer.

Moi, j'aime pas la mer

Dans cette salle d'attente des urgences, cette nuit je me souviens de sa réflexion une des premières fois où nous étions venus : cela ressemble à une carrière où les camions viennent déverser leurs bennes d'ordures. Toute l'humanité malade est là.

Ici, ils n'ont pas le temps de s'occuper de la peur, de cette sensation d'abandon qui vous étreint quand celui ou celle que vous aimez gît des heures sur une civière et que vous tentez tant bien que mal de recouvrir son corps. Un psychologue aux urgences serait nécessaire pour vous aider à passer de la vie normale à ce goulot de triage des désespérances, quoique j'aie vu des « civils » remplir ce rôle dans ce lieu auprès d'êtres terrorisés, choqués, seuls.

Deux amis, un soir, nous avaient rejoints dans cette salle des urgences, horrifiés, ils m'avaient dit : « Tu ne vas pas le laisser là ? » Mais moi je savais que passé ce sas honteux, soudain tous les appareils les plus sophistiqués arrivaient, le goutte-à-goutte et l'électrocardiogramme se mettaient en place en même temps dans les bons jours, mais parfois sur un brancard, dans le couloir, car de lit on n'en avait pas encore de disponible. C'est cela le plus difficile à trouver une fois que l'on est admis et qu'il est reconnu qu'il y a urgence : un lit. Oui, je sais, il est des endroits où l'on ferme des salles inutilisées, mais jamais ces salles-là ne dépannent les bondées, les saturées.

En Grèce, il y a de si petites îles qu'elles ne reçoivent un bateau qu'une fois par mois et pas l'hiver : on dit alors qu'elles sont infécondes. Par contre, il est des îles si visitées que l'on agrandit les môles et les ports ; on double ou triple les bateaux... Cet hôpital, même si nous sommes cent, deux cents à y venir chaque nuit et si on peut y arriver en hélicoptère... il doit, dans quelques hauts lieux, être casé dans le rayon infécond, car il y manque toujours des lits.

Nous sommes en Corse sur la terrasse de la maison qu'il m'a dessinée. « C'est mon cadeau », m'a-t-il dit en me tendant le premier plan à main levée de notre future maison pour deux.

Notre fille a fondé – elle a trop souffert d'être seule, enfant – une grande famille. L'ère de la solitude à deux vécue par deux cabossés s'est, merci les dieux, écartée de nous ! Notre fille et notre gendre aiment avoir des amis, vivre en groupe, comment font-ils ? Mais ça n'est pas le sujet ! Quant aux petits-enfants, ça n'est pas d'une maison commune qu'ils vont se contenter, mais d'un village ouvert, mon Dieu, qui que vous soyez, où que vous soyez, faites que les politiques successives de leurs représentants ne saccagent pas trop leurs rêves.

Nous sommes en Corse, donc. Le bateau journalier qui arrive à Propriano fait marcher sa corne. Il y a déjà près d'une demi-heure que la montagne qui nous enserre à gauche retentit du bruit de son moteur, ou plutôt c'est d'abord comme un bruit de petit canot à deux temps, puis il arrive, large, majestueux, lourd comme un fer à repasser, des voitures à l'avant, des voitures à l'arrière et des centaines de gens agglutinés sur tous les ponts... Oh ! descendre les premiers ! Et lui, sourit... « Regarde. C'est un bateau de maman qui rentre dans le port de Braila. » Sa mère avait des bateaux qui partaient du Danube pour amener au loin de la farine. Parfois je ris et lui dis : « Dis donc, elle était rudement riche ta maman, quel bateau ! »

Mais il n'a jamais ri à ce genre de réflexion. Parfois lassée, ou abîmée moi aussi par cette bon Dieu d'heure entre chien et loup qui le fait s'éloigner immanquablement de la réalité, méchante, cruelle, je corrige : « Voyons, ça n'est pas le Danube mais la Méditerranée. On est en Corse, Iani. » Agacé, il rejette mon affirmation-réflexion. Il a dix ans de plus que moi, non ? Donc il SAIT. Alors, je me tais.

Désormais, c'est presque tous les soirs que nous avons cet échange.

Tout comme je lui serre tendrement la main et me tais désormais lorsqu'il me demande à

Paris de baisser le son de « ma » télévision : « Ma mère joue du piano dans la pièce à côté », il veut l'écouter et il tend l'oreille vers la porte d'un placard. Il entend et moi, au début, incurable tenante de la vérité, je pleurais et je le corrigeais, et puis j'ai cessé de pleurer et de le reprendre, il est si bien, si calme lorsqu'il l'écoute jouer du piano. « Est-ce qu'elle joue toujours bien ? » lui ai-je demandé ce soir-là. « Pas vraiment, elle fait toujours les mêmes fautes » ; il faisait les mêmes, et son jeu est un peu trop Mitteleuropa, sous-entendu trop romantique !

L'humain est né égoïste et petit. Je me demande si je n'ai pas plus souffert d'avoir, moi, à accepter ses déficiences que de le voir souffrir de ces problèmes-là. Je me fâchais. Pourquoi ? C'était un réflexe d'égoïste. « Je ne pourrais pas le supporter. » Oh, moi je ne le supporterais pas, m'ont dit quelques bonnes âmes aussi médiocres que moi. Mais ça n'est pas moi qui ai souffert de cette maladie, c'est lui, et j'acceptais mal, très mal la vision de sa déchéance. Tout comme on aime, dit-on, d'amour plus fort un enfant handicapé, il en a été de même quand j'ai accepté ce qui lui arrivait, ce qu'il subissait, supportait, tout a été plus facile, plus simple. J'avais perdu des jours à crier, à mordre les murs de rage, impuissante, j'aurais mieux fait de le prendre dans mes bras.

Nous sommes assis en plein soleil. Il aime toujours le soleil, il tend son visage vers lui. Nous sommes dans le petit parc de la Trinité, le square des Batignolles est désormais trop loin. Dommage, il y aimait les canards et leurs nouvelles couvées. Il les suivait du regard et riait quand un petit culbutait du cul pour plonger.

À la Trinité, sur notre banc où j'ai gratté les crottes de pigeon – j'ai appris comme les autres à venir avec un grattoir –, nous sommes seuls, parfois un jeune homme en sueur s'écroule contre nous, des rollers magnifiques aux pieds, les oreilles bouchées par une radio qui fuit de partout. Radieux, il gueule : « Avec ça, je trace tout Paris », et il prend pour lui l'air ravi du monsieur ! Sur l'autre banc, deux amoureux, et sur l'autre encore, deux clochards qui déjeunent.

Une dame et sa promeneuse envoyée par la mairie s'assoient près de nous. La vieille dame porte une redingote bleu clair avec un petit col de velours pourpre. Elle est belle, ses mains, soignées, sont posées sur ses genoux. Hiératique. Je la connais, mais une fois qu'elle est assise, je ne l'ai jamais vue ni parler ni bouger. Aux pieds, elle porte de gigantesques tennis blanches, incongrues, nécessaires.

Il a dit : « Parle-moi. » Alors je lui raconte un spectacle à Mycènes, la montagne des dieux grecs. Je lui raconte les lumières, les feux, les lasers, les petites lampes électriques accrochées aux oreilles de centaines de chèvres et qui, passé le premier soir, ravies des bravos, ne voulaient plus quitter la scène, la musique tellurique qui sourdait de partout... Je lui dis aussi les milliers de personnes qui venaient chaque soir... Son visage est heureux, alors je continue et lui dis : « Tu sais que c'est toi qui as monté et créé tout cela », et j'ai beau dire que si, il hoche la tête puis la baisse et murmure : « Oh non, moi, je ne saurai jamais créer un spectacle pareil... » J'avale les deux larmes qui me coulent le long du nez et lui serre tendrement la main, et j'insiste, mais c'est inutile. Et je nous vois, nous et les clochards. C'est curieux comme depuis cette longue descente en maladie, nous en côtoyons... C'est normal. Pourquoi s'étonner, nous sommes deux catégories d'exclus, de marginaux. Heureusement qu'il y a aussi des amoureux sur les bancs qui s'isolent eux-mêmes du monde, quelques heures...

Une assistante sociale, à l'hôpital, m'a donné un petit papier. De sa belle et calme écriture elle a écrit quelques adresses de maisons. « Pour quoi faire ? » lui ai-je demandé, hébétée !

Épuisés, titubants de fatigue, nous venons de rentrer dans notre appartement et là, comme il le fait de plus en plus souvent, il s'assoit sur le rebord d'un fauteuil et refuse que je lui enlève sa veste. Il est en visite.

« Mais, Francette, comment oses-tu ? » Il se lève, fâché. « Je veux que tu rendes les clés de cet appartement, ça suffit. Non, je ne boirai pas ce café, ça n'est pas chez toi, ici. Sortons. »

Jamais il ne disait « nous » ou « notre », même avant il n'a jamais eu un langage de propriétaire.

Il m'est arrivé d'accepter de ressortir pour voir où il voulait aller mais ça n'était alors qu'une errance épuisante.

Et nous sommes, lui et moi, de plus en plus fatigués, alors, tandis qu'il s'agite et veut que nous sortions, je gagne du temps et dans son verre d'eau je mets un calmant. Le calmant d'avant le coucher du soleil, c'est le plus fort. Pour tous les humains, c'est la mauvaise heure. Vous souvenez-vous, si vous êtes un enfant de la campagne, du bruit qui sourdait des étables et du bruit des arbres ? et en Afrique, ou en Inde, l'angoisse des singes ?

Il s'endort... Là où il est... Alors je l'étends, le couvre, et m'allonge à côté... Dans la cuisine parfois. Nous sommes bien, enfin, je le crois.

Aujourd'hui, c'est déjà arrivé, il maîtrise sa « démence », il la gère au plus près et rien de ce qu'il fait ou dit n'est hors norme, mais cela l'épuise. Son visage est translucide, de grosses gouttes de sueur couvrent son front. Je voudrais qu'il relâche son attention, qu'il se laisse aller. C'est trop dur. Ça ne fait rien que ses propos soient incohérents, d'ailleurs, il y a toujours comme un sens profond si on sait l'écouter.

Il veut que je ferme tous les volets… Je le retrouve dans un coin de notre grande pièce à vivre. Il a accumulé des coussins devant lui, il s'est fait une cabane, une cachette qu'il croit imprenable. Il a les mains sur les oreilles. De qui se cache-t-il ? Qui tire ? Je lui tends la main : il vient.

À nouveau une assistante sociale de l'hôpital, de « notre » hôpital, m'envoie des adresses de maisons spécialisées – ils croient le moment venu ? Il y a celle à demeure, puis celle où on laisse le malade en « halte » pour souffler un peu. Elle fait son travail et moi, je jette la lettre. Il restera chez lui, dans notre maison, dans ses draps, ses quelques repères. C'est ici chez lui.

J'ai la chance de pouvoir travailler à la maison grâce à lui qui m'a forcée à devenir écrivain. Bien sûr, si j'avais à partir chaque matin vers un travail... j'aurais dû accepter l'inacceptable. Mais lui et moi sommes des privilégiés. Il est âgé, je suis âgée et la vie sociale peut continuer sans nous, d'autant que nous avons tous les deux, lui surtout, réussi à ne dépendre que de nous-mêmes. Il n'a travaillé, dans sa vie, que douze ans pour un patron, et ça s'est mal fini.

Il y a longtemps, si longtemps... il me disait : « Tu sais, le désir, aussi fort soit-il, ne dure pas toujours. Après, après il faudra que je t'admire, que tu existes, que je sois fier de toi autrement et alors je t'aimerai mieux, plus fort, bientôt ça ne sera plus assez que ta peau me bouleverse. » Et moi, le cancre qui, avant, n'avait rien appris, retenu, j'ai su qu'il disait vrai... et mon projet de devenir un écrivain, qui n'était qu'une pose, une phrase que je croyais chic à dire, mais qui était pourtant vraie, j'ai peu à peu appris la discipline du travail, ça m'a pris plus de dix ans. « Tu travailles, Francette ?

– Oui, oui. – Ça avance ? Ça sera fini quand ? » Il m'a fallu reculer la date bien des fois. Je m'étonnais de sa souplesse, de sa mansuétude, mais j'étais ravie, le couperet ne tomberait pas encore aujourd'hui. En vérité, quand je dormais il regardait mes feuillets et ça n'était rien de composé. Une bouillie, mais si j'avais su qu'il savait, je me serais arrêtée, vaincue. Consentante. Soulagée. « Tu vois, je ne sais rien faire. » Aussi il se taisait, mais il était de plus en plus inquiet.

Sa patience, son silence devant mes reculs, mes abandons devant le travail d'écriture que je voulais pourtant réussir tandis qu'en même temps je faisais tout pour le louper, ont fait que peu à peu je suis devenue écrivain. Et puis nos corps qui savaient encore se retrouver... et puis nos corps, il avait dit vrai, ont parfois moins bien su se retrouver. C'est l'usure du temps.

Et j'ai su que l'affolement des peaux, la volupté quasi douloureuse des étreintes au plus chaud de l'été, j'ai su que là aussi il avait dit vrai... que tout s'use et que le calme arrive, mais qu'avec le calme arrive l'amitié unique, la tendresse unique. Il était mon ami, j'étais son amie à vie... Et puis est venue la tendresse... et je ne sais pas si la tendresse n'est pas plus voluptueuse, moins douloureuse que la jouissance.

Quatre heures du matin, le téléphone sonne... dans mon rêve ? Non. C'est notre gendre, la voix trop gaie, trop insouciante, « ne pas me faire peur ». Il vient de recevoir un coup de fil d'un hôtel à côté du studio de travail de Iani. « Un homme est là, assis, il sait son nom mais ne sait plus où il habite. »

Le gardien de nuit, qui aurait pu appeler Police Secours, a cherché dans le bottin le même nom. Est-ce lui, Iani, qui a reconnu le nom de sa fille accolé à celui de son mari ? Est-ce le gardien de nuit ? Je n'ai pas pensé à le lui demander.

J'ai couru, couru jusqu'à la rue de son studio... puis me suis arrêtée : ne pas être affolée, et suis arrivée souriante, détendue. Quand il m'a vue, il s'est levé, radieux... « Ah, tu m'as fait attendre », et le gardien de nuit m'a souri si chaudement alors. Pourquoi ne suis-je jamais retournée le voir ? Lui ai-je dit seulement merci ? Sûrement, mais assez ?

Nous sommes rentrés... et à partir de cette nuit-là, une fois qu'il était endormi – qu'il ne le sache jamais –, la porte était cadenassée et décadenassée le matin. J'y rajoutais même une énorme cloche en bronze ramenée d'un de nos voyages.

Bravo pour la gardienne !... Je suis une garde-malade en or !... Je dors tandis que « mon malade » s'habille, l'imperméable qu'il portait était le mien ainsi que ce qu'il a cru être une de ses chemises trouvée dans une armoire était un corsage, et je n'ai rien entendu... A-t-il appelé l'ascenseur ? Sans doute non ; il montait et descendait toujours à pied... et il est parti travailler. La rue était la bonne mais il n'a pas retrouvé son atelier qui était trois maisons avant l'hôtel. A-t-il cherché ? Combien de temps a-t-il erré ? Quand s'est-il décidé à demander de l'aide, lui qui, lorsqu'il conduisait, se refusait à demander son chemin – orgueil imbécile de Méditerranéen ? d'homme ? – et qui, acculé, « puisque je n'étais pas capable de lire une carte » – c'est vrai – s'y résignait, d'instinct, alors, il trouvait l'étranger au village ou l'innocent du coin et ravi m'affirmait : « Tu vois, ils ne savent pas. Ça ne sert à rien de demander, d'ailleurs il ne faut jamais rien demander à personne... la preuve ! » Cela faisait partie aussi d'une autre de ses pratiques ! Malhonnête alors, sans vergogne.

Là, comment a-t-il fait ? Nous n'en avons jamais parlé. D'ailleurs, ne m'a-t-il pas dit au matin que « ça a été une bonne nuit » ?

Chacun à sa table, durant toutes ces années, travaillait... et parmi les raisons essentielles qui le soudaient à son travail il y avait le challenge non dit entre nous deux mais permanent : étonne-moi.

« Alors ? » me disait-il à chaque fin de répétition générale d'une de ses œuvres nouvelles, inquiet, guettant mon pouce discrètement posé au bout de mon bras mais levé ou baissé. Et lorsque je lui donnais un de mes livres imprimés, je marchais des heures, tête baissée, dans Paris, attendant son verdict.

Je l'ai toujours connu sans bagages, spartiate. Il aimait vivre avec rien. Né riche, puis ruiné, il n'avait aucune revanche sociale à prendre. Avare ? non, prodigue, il donnait son argent à qui le lui demandait. Il aurait pu vivre toute sa vie avec des pilchards, du pain et de l'eau froide pour sa douche. Une vieille couverture militaire sèche et sans chaleur sur son drap l'hiver. Pour lui, le dépouillement était fondamental.

En 1997, il a abandonné la musique et aux derniers amis qui l'ont approché à ce moment, il ne parlait jamais de musique. Au début, il les recevait gentiment, très gentiment, bien plus urbain qu'il ne l'avait jamais été. Il accumulait les prévenances, se levait, s'affairait ou leur offrait sans cesse un verre d'eau ou quelque aliment qu'il trouvait dans le frigo, puis il s'éloignait et se retirait dans sa chambre. Quand un médecin lui demandait ce qu'il faisait avant : « Avant ? Rien », répondait-il avec son plus beau sourire. Il n'a jamais été à l'aise avec le jeu convenu des demandes et des réponses et je le soupçonne d'avoir vite « profité » de sa maladie pour oser ne plus répondre.

Avant la maladie il se retranchait, dans les rencontres professionnelles, derrière des termes volontairement scientifiques et de préférence abscons pour que l'autre recule. Il y avait chez lui une muraille dressée qui l'empêchait de communiquer avec les autres. Lui, et sa pureté, et sa naïveté d'enfant saccagé, était derrière..., tant bien que mal à l'abri. Il n'a jamais été à l'aise dans les joutes verbales. Il ne s'ouvrait, ne se disait vraiment qu'à travers ses compositions.

Lorsqu'il a fini sa dernière œuvre et qu'il l'a appelée *Omega*, la dernière lettre de l'alphabet grec, et qu'il me l'a dit, j'ai su que désormais il en avait fini avec la musique. Alors, il m'est revenu, incurable amoureuse des mots, cette dernière phrase d'un poème de Maïakovski qu'il murmurait des jours et des jours tandis qu'il s'essayait – il y a plus de cinquante ans de cela – à oser mettre quelques notes sur des mots, il avait besoin de cette béquille alors : « ... et ce soir, à tout hasard, je donne mon concert d'adieu. »

Il dort, assommé par les calmants : pour que ses terreurs nocturnes ne reviennent pas le hanter. Son cerveau se détériore inexorablement et n'émergent que des lambeaux de souvenirs. Cela ressemble à une rivière en crue qui charrie des agglomérats et impossible de reconnaître de quoi ils sont faits. À dix-neuf heures, c'est le mot serment... le serment ? « Pour le serment tu n'as pas... » J'ai passé ma vie avec ses « tu n'as pas », quelles qu'aient pu être mes colères et mes rébellions, c'est hélas et tant mieux, ce qui m'a donné une colonne vertébrale et une discipline. Vingt et une heures-vingt-deux heures, à nouveau c'est le prénom d'un de ses frères qu'il prononce. Ne pas dire qu'ils...

– Allô le 18... mon nom est... j'habite...

Nous attendons, une fois de plus, et je me souviens d'une très vieille dame que nous avions, il y a des années de cela, fait hospitaliser une nuit, pour la première fois de sa vie à plus de quatre-vingt-dix ans. Elle avait signé sa sortie le lendemain matin : « J'ai vu le diable là-bas. » Elle en était persuadée, ça n'est pas le diable, mais seulement l'humain qui arrive ici, nu, désarmé, par pelletées.

Il n'a jamais eu peur de la mort et il a eu raison. Il est mort si doucement, si calmement... Pour une fois, la vie qui ne lui a pas fait beaucoup de cadeaux s'est correctement conduite avec lui. Il ne l'a pas volée, cette mort si douce après quatorze ans d'erreurs, d'errances médicales qui ont fait de lui un infirme, un impotent, un grabataire.

Au début, tout au début, il y a plus de vingt ans, il a bien dit à sa fille, à moi : « J'ai quelques soucis avec ma mémoire. » Il a voulu, une fois, voir un médecin qui lui a demandé quel jour nous étions. Il n'a pas su, mais cela lui arrivait depuis toujours de ne pas savoir le jour ou la date. On peut vivre et travailler sans savoir ces choses-là, non ? Non, a répondu le docteur. Si, a dit Iani, mais le docteur avait le regard inquiet, ce qui n'a fait qu'alimenter la mauvaise prescience que j'avais.

Puis je me suis rendu compte qu'il ne savait plus composer un numéro de téléphone, ce qu'il faisait rarement, détestant le téléphone. Pas plus qu'il ne décrochait lorsque le téléphone sonnait. Il ne désirait pas répondre et nous sommes peu à peu entrés dans cette maladie de l'indifférence qui emmure la personne dans un monument de solitude muette.

À Le Corbusier qui, en 1950, lui demandait pourquoi il était avec cette adolescente à talons plats et sans maquillage que l'on voyait de plus en plus souvent avec lui, alors qu'avant ses camarades de travail étaient habitués, avec lui, à une pléiade de femmes-femmes : toilettes, maquillage, bas à couture et talons hauts, il avait répondu : « Peut-être parce qu'elle est encore plus perdue que moi. »

Depuis lors nous avons travaillé, travaillé pour ne pas nous laisser engloutir par les failles si profondes chez chacun qu'on aurait pu s'y ensevelir. C'est le travail et *sa* discipline qui nous ont sauvés... Refus primaire de l'analyse de la part de deux cabossés. Mais lorsque nous avons relevé la tête, nous étions vieux, usés.

En 1997, il a tiré la porte de son studio où il a travaillé près de cinquante ans, presque dix-sept heures par jour, il a tiré la porte, il ne l'a pas fermée à clé. Il n'y est jamais retourné.

Avant ? Avant nous avions été jeunes et avions bien sûr essuyé un ou deux orages mais qui n'ont jamais remis en question le couple que nous formions, puis nous avons réussi, par le travail, à assumer la solitude de notre couple qui vieillissait et nous nous en allions presque sereinement vers la vieillesse quand la maladie s'est imposée chez nous.

Dommage, nous avons failli réussir.

Ce « regarde, Francette » me hante, il est incrusté en moi, « notre chemin s'est fermé ». Moi : « Mais ce chemin n'est pas notre chemin. » C'est la première fois que je le vois se tromper dans le maquis.

Ici chacun a sa manière de se frayer une sente et n'emprunte que la sienne, sauf les promeneurs occasionnels qui se perdent au milieu de ces labyrinthes, sans compter celles des chèvres qui mènent à un point d'eau et celles des sangliers à leurs bauges. Antoine est nerveux, trop pressé il coupe à la serpe, mal et trop haut. Il y a trop de coups mal donnés. Don Georges, lui, coupe au ras du sol, net, propre, mais laisse ses branches qui vont mourir au sol… il marche dessus. Moi, je suis le balai, je suis chargée de ramasser chaque branche, chaque tige et de la jeter au loin.

Quant aux chasseurs venus en bracos d'autres villages, c'est du massacre à la tronçonneuse ivre : des têtes d'arbres sont coupées pour rien, juste pour le plaisir du clic-clac. Iani éructe. C'est tout juste s'il n'essaie pas de recoller la tête de l'arbre au tronc. L'essentiel est que le sanglier mort traîné par les jambes arrière passe.

« Regarde, nos chemins se sont fermés »

Quand le maquis, vers le bas, se faisait plus doux, il nous ouvrait le chemin de ses bras... heureux que tout se referme sur nous, intacts.

Il nous est arrivé de marcher de l'aube à la nuit dans ce maquis, dormant exténués, accroupis dans une faille de rocher. Je me souviens d'une pomme gardée précieusement – à ne consommer qu'en cas d'extrême limite dépassée – et qui, au moment d'être partagée, a roulé au fond d'un véritable précipice... Depuis le temps il y a peut-être un pommier qui pousse à l'abri de tous ? Il riait tandis que je me lamentais. Quand lui avait décidé que le temps de rentrer était venu, il montait sur un piton et d'un œil, d'un seul œil, il repérait sa sente. S'il nous perdait ? c'est qu'il le voulait et pour retarder le moment de rentrer.

Cette fois, il ne reconnaît plus son chemin et c'est la première fois, et je sens, je sais qu'une catastrophe va lui arriver.

« Regarde, nos chemins se sont fermés »

– Allô le 18... mon nom est... j'habite...

Lorsque nous arrivons, il y a un attroupement auprès d'un brancard... Un interne tire le drap vert sur un visage. Une infirmière installe un paravent. Ce n'est que deux heures plus tard que l'on viendra chercher le chariot sur lequel la forme est déjà rigide. Qui était-ce ?

Cinq heures de l'après-midi. C'est l'heure où il devient inquiet... ne pas donner trop tôt les calmants... sinon la nuit sera blanche et douloureuse, alors je propose une promenade. Il marche de plus en plus mal. Il sort presque droit mais très vite se recroqueville et marche d'une manière ataxique. Il veut aller jusqu'à un jardin en bas de chez nous, à la Trinité, oublieux qu'il nous faudra remonter. Souvent on me propose de l'aide mais je ne m'y suis jamais résolue. J'aime l'enlacement de nos corps pour revenir jusqu'à chez nous, même si mon épaule ne peut plus bouger... Oui, j'ai aimé cet enfermement... avec lui et quand j'ai compris que pour lui c'était inéluctable il ne m'est pas venu un seul instant l'idée suggérée par les professeurs de « le mettre » quelque part. Il n'en a jamais été question... Il m'a faite et m'a tout donné et je... ? mais pourquoi écrire cela ? Cela ne m'a jamais effleurée : point.

Et j'ai cessé de prendre au téléphone les « gentilles » relations qui y allaient de leurs « Mais enfin tu ne vas pas rester prisonnière ainsi d'un malade ? » Si.

Après un effort physique intense ou un long travail debout à sa table, je l'ai toujours vu s'asseoir, prendre sa tête dans ses mains, rester immobile très longtemps : se concentrer sur lui-même pour se reconstituer.

Durant les répétitions, s'il ne suivait pas sur la partition, il lui arrivait d'écouter dans cette position-là, puis il s'est mis à prendre de plus en plus souvent cette attitude, mais il semblait alors comme terrassé par un désespoir muet et son corps se tassait. Je n'osais ni m'approcher ni le toucher. Il fallait attendre qu'il se détende pour pouvoir lui prendre la main et le ramener dans le présent. Je crois que c'est à cette époque qu'il a été le plus désespéré. Il travaillait de plus en plus difficilement et ce désespoir qu'il n'arrivait à faire reculer qu'à coups d'un travail proprement inhumain le réenvahissait, le réhabitait, et puis, la miraculeuse maladie de l'indifférence – oui, j'écris bien la miraculeuse maladie – est arrivée. Est-elle venue ? s'est-elle imposée ou se l'est-il donnée pour supporter le désespoir de ne plus pouvoir surmonter cette fatigue stérile ? C'est désormais sans importance. La maladie était là. Elle occupait tout. Mais je crois, je veux croire, que le désespoir a alors disparu.

Je me trompe ? Ce serait monstrueux de l'avoir laissé vivre cela. Il m'aurait fait un signe, un signe, n'est-ce pas ?

Elle savait, elle, que jamais, ça n'était plus pour elle, elle pourrait de ses doigts toucher le rond d'une épaule d'homme puis doucement l'effleurer en descendant jusqu'au coude pour, essoufflée, soudain glisser sa main et sentir entre ses doigts là où c'est plus doux et plus blanc le plus doux de l'autre main. Jamais ça n'était plus pour elle, elle ne pourrait se lover contre un homme et du front se frotter doucement contre sa poitrine comme font les petits de chèvres ou de brebis jamais ça n'était plus pour elle, elle ne s'agenouillerait volontairement aux pieds d'un homme et remonterait paumes ouvertes doigts écrasés le long de ses jambes pour aller enserrer son sexe et refermer sur lui, petits paniers, ses mains jointes. Plus jamais.

Le Temps usé

Son corps est désormais comme désaccordé, lui qui, excepté cette blessure au visage, n'était qu'harmonie, souplesse, élégance et odeurs. Ses épaules, son dos et l'arrière de ses genoux changeaient d'odeurs avec les saisons.

C'est, finalement, je crois, son côté émigrant perpétuel, parti enfant de Roumanie, évadé de Grèce, apatride à Paris, qui l'a sauvé. Car, à jamais, il a été privé du cocon confortable que procure le fait d'être dans son pays, en connaissant les codes familiaux et sociaux. Chaque pays aime avoir *ses* artistes. Lui a été l'artiste de nulle part et de personne.

Il a encore fallu l'hospitaliser. Son diabète s'est brutalement déréglé. Le service du professeur G. est plein, c'est le professeur Lucette qui l'a accueilli et le professeur G. vient l'ausculter chez elle. C'est l'heure où j'arrive lui dire bonjour. Elle m'attend à l'entrée de son service : elle veut me prévenir. Désormais, Iani a, sur sa robe de chambre, un gros sparadrap avec écrits au bic noir son nom et le numéro de téléphone du pavillon, car il a voulu se sauver deux fois. On l'a retrouvé dans une camionnette qui livrait du linge, puis à la sortie, près du boulevard. « Mais Iani, tu étais d'accord pour te faire hospitaliser quelques jours. » Lui, froid, sec, agacé, me répond : « Jamais je n'ai accepté, pourquoi demeurerais-je chez ces gens que je ne connais pas ? – Vous ne me connaissez pas ? » susurre professeur Lucette, soudain mutine. Et lui de lui offrir alors son plus beau sourire et de s'incliner sur sa main qu'il a prise avec son élégance et son charme d'avant. Professeur Lucette en est toute retournée !

Mais je ne supporte pas longtemps son « Francette, pourquoi suis-je là ? » Je ne supporte pas leurs manières pour le laver, pourtant amicales, décentes et efficaces, mais il m'arrive de croire que je le fais mieux qu'eux et qu'il aime le parfum de l'huile avec laquelle je lui masse les jambes et l'autre pour le creux des reins. J'ose ? Je crois qu'il est à moi ! comme si la personne que l'on aime depuis près de cinquante ans pouvait vous appartenir. Personne n'est la propriété de personne mais il m'est arrivé de dire un « mon » qui était un vrai « mon » de possession, je l'avoue. Surtout depuis qu'il est malade ? C'est bien possible.

Oui, il m'est arrivé de le baigner, de lui mettre un pull rose indien qui fasse ses cheveux blancs plus blancs, de l'habiller beau... Comme j'habillais, petite fille, mes poupées et mes chats ? Cela relevait-il du même fantasme maternel ? Je n'en sais rien et je m'en fous. Mais j'aimais qu'il demeure beau.

Sa mère ? Je ne l'ai jamais été. Sa mère morte quand il avait six ans emplissait, empoisonnait, illuminait sa vie bien plus que si elle avait vécu cent ans et plus. Photini, sa mère, élevée en

Roumanie par des religieuses françaises, avait des idées très précises sur l'éducation des enfants, éducation très axée sur des « ne faites pas cela. C'est interdit. Non, debout. On ne pleure pas quand on est un garçon. Tu ressembles à une fille avec tes crises de jalousie ». Elle est morte avant de les avoir pratiquées bien longtemps, mais ça n'aurait pas bien fonctionné avec les trois rebelles de fils qui sont nés d'elle, ou alors sont-ils devenus rebelles justement parce qu'elle n'était plus là ?

Je n'ai jamais été sa mère, sauf les trois derniers mois de sa vie, mais j'ai été souvent sa sœur aînée. Son amie tendre ? Toujours. Il était mon ami. J'étais son amie. Cela n'a jamais été remis en cause.

Agacée. Je suis agacée. Il court. Il ne sait pas marcher et le comble me tire par la main : « On va se promener. »

Je ne peux pas le suivre, marcher ne l'intéresse physiquement pas il lui faut courir, peiner, forcer sa jambe, la tirer à chaque foulée, plus, qu'elle se plaigne, qu'il la mate et mon tricotage est ridicule à côté.

Je m'essouffle, suis rouge, mon cœur cogne, j'ai comme un goût de sang dans la bouche, mon cœur va éclater cette fois c'est évident et ma main qu'il ne veut pas lâcher, il rit. Il voit enfin dans mes yeux que je suis hors de moi alors hors de lui lâche ma main. Je ne suis qu'une petite bonne femme qui ne sait faire que des petits pas, ça encore, ça ne serait pas trop grave mais il est évident que je trouve que c'est moi qui suis dans le vrai, dans la norme. Mépris. Le nez coupe-vent, il avance, il ne marche plus avec moi, nous ne sommes plus ensemble.

Je le laisse avancer, moi non plus je ne marche plus avec lui. D'ailleurs je n'aime pas me promener avec lui.

Je crois même que je n'aime me promener avec personne.

Et puis il attend au bout de la rue. C'est ça, il s'est laissé embringuer dans cette espèce de concubinat légal trop occupé à créer, inventer, durant des années, un langage et il s'est laissé embétonner dans ce rituel minable qu'il n'a jamais désiré et je vois dans son regard qu'il est prêt à toutes les fuites. Ce n'est plus même moi qui suis en cause mais la vie, la vie faite de toutes ces petites habitudes. Alors gorge nouée prête aux sanglots, j'éclate de rire.

Il se détend et nous repartons, moi essayant un nouveau braquet avec mes petites pattes, lui essayant de rétrograder et d'accepter mon rythme... jusqu'au carrefour suivant...

Le Temps usé

– Allô le 18...

Ce soir rien ne m'étonne dans cet immense hall. On s'habitue à tout. Je reconnais, c'est un nouvel hiver qui commence, les habitués des lieux... « ma » petite clocharde bariolée n'est pas là, je m'inquiète d'elle... « Oh, on ne l'a pas vue depuis des mois. » Partie ? morte ?

Les clochards, il y a deux femmes avec eux et elles ne semblent pas être leurs victimes, se sont groupés dans un coin, apparemment ils semblent ce soir se supporter entre eux, il n'est que minuit et peut-être sont-ils moins saouls que d'habitude. Par contre, les brancards ne sont occupés pratiquement que par des personnes âgées... Pas d'enfants... Ce sont les vacances, me murmure une femme qui nettoie

– c'est la première fois que je la vois en bas. Dans les chambres, oui, mais dans ce hall sordide je n'ai jamais vu quelqu'un nettoyer. Parfois la personne est seule, elle a été amenée – ou ramassée ? – par la police qui est repartie chercher de nouveaux colis... La personne est seule, certaines sont terrorisées et leurs regards cherchent désespérément à s'accrocher à un autre regard. « Qu'on me parle, bon Dieu, qu'on me rassure », mais le personnel est occupé, chacun fait son boulot, ils s'intéresseront à la personne seule quand ça sera son tour... il y a de l'ordre chez les humains.

Après le quadripontage et la naissance du premier petit-fils, Ulysse, j'ai eu envie que nous fassions un petit voyage au soleil tous les deux, mes rêves de confort. « Oui, allons en Corse », me dit-il... mais la bergerie est trop inconfortable l'hiver et en février il pleut des cordes. Non j'ai – lui n'a envie de rien – envie d'un hôtel confortable et de soleil... Soleil. Qui m'a dit qu'il faisait beau en février en Égypte ? Fatigué, il me laisse faire et j'organise, très fière de moi, notre voyage là-bas. Il a été opéré il y a trois semaines, il va de soi qu'il a refusé la maison de convalescence, il n'a pas refusé : il a simplement haussé les épaules quand le chirurgien l'a évoquée... Quand nous sommes dans le taxi je me rends compte – bravo – qu'il est épuisé. À l'aéroport, trois heures d'attente. « Tu es sûre, Francette, tu ne veux pas qu'on rentre », mais je suis sûre que le soleil va le faire revivre et que les antiquités égyptiennes vont lui stimuler l'esprit. J'ai eu tort... Enfin nous embarquons. Il tintinnabule de partout quand il passe devant les rayons. Ses clés ? de la monnaie, un briquet ? non, les agrafes en ferraille qui retiennent son thorax sous la peau.

L'Égypte, un froid de canard. L'hôtel, certes, est luxueux, surtout le monument central... La chambre avec terrasse sur le Nil, réservée et promise, « ah, malheureusement, elle n'est plus libre, désolé ». Lui est trop fatigué pour discuter, il veut s'allonger, il doit s'allonger... et moi je suis bien évidemment incapable de me faire entendre dans le hall où personne n'a la chambre qui lui avait été promise et nous nous retrouvons dans un rez-de-chaussée derrière, derrière tout. Il se couche, je me blottis contre lui et nous allumons la télé. C'est un film indien avec des sous-titres en turc et nous passons un moment merveilleux à inventer d'autres vies aux personnages qui, comme toujours, vivent des amours contrariées.

J'ai essayé de prendre une voiture et de l'emmener à Karnac, mais il avait fermé ses volets, notre voyage au soleil était loupé. J'aurais dû me douter que, même malade, il n'accepterait pas le convenu de ce que je lui proposais. Du convenu loupé de surcroît !

Seuls nos crapahutages autour de la Corse en kayak de mer, puis notre vie plus sédentaire dans notre bergerie... Et enfin, ces deux ans dans sa maison lui plaisent. Il me revient une image solaire. Il marche encore seul et, une fois de plus, il a abandonné le chemin pour prendre un raccourci plus abrupt. Ce sont ses trois petits-enfants qui voient avant moi qu'il est en difficulté. Ils courent, les filles le prennent chacune par une main et le garçon le pousse par-derrière. Ils chantent et ils rient. Ils ne veulent pas l'humilier. Il rit lui aussi.

« Regarde, nos chemins se sont fermés »

Je hais ceux qui, à l'hôpital, lui parlent comme à un gâteux ou à un débile. Gâteux, il lui arrive de le paraître tant les calmants qu'on lui donne sont forts. Gâteux ? Il lui arrive de l'être, mais en un millième de seconde il redevient lui, distant, racé, poli. « Il va faire son pipi là, le monsieur Zenaqui. » C'est moi qui vais hurler, ce n'est pourtant pas bien grave et c'est dit avec gentillesse, mais je ne le supporte pas, je ne tolère pas que l'on pratique ce langage imbécile pour tous, avec les enfants et les malades. Lui a un peu levé le sourcil, un rien étonné de la formulation, mais ça passe !

« Et puis, il va manger, c'est bon ce qu'il a sur son plateau. » Là, j'ai comme l'impression qu'il a son petit sourire en biais comme lorsqu'il allait réussir une blague, c'était rare ! Bien qu'il y ait écrit en gras « diabétique » au pied de son lit, depuis trois jours c'est une succession de macaronis au gratin, de gâteaux de riz et de gratins de choux-fleurs. Il se garde bien de dire quoi que ce soit tant il préfère ces plats-là au régime dit pour diabétique à base d'épinards et de poisson bouilli. Aujourd'hui, là, tandis que j'écris, j'ai encore une autre honte : pourquoi me suis-je acharnée à lui faire suivre son régime jusqu'au bout ? À faire non de la tête quand, il y a des années maintenant de cela, on lui proposait un whisky ? Quand je cachais les cacahuètes. Imbécile rigide, sûre d'être dans le bon rôle. Que ne lui ai-je apporté ces gâteaux forêt-noire dégoulinants de chocolat et de chantilly qui faisaient son bonheur ou ces pâtisseries suintantes de miel et de noix que je m'obstinais à appeler turques et lui grecques ! Non sans lui avoir offert, avant, une assiette de frites ! Ai-je abusé de mes prérogatives d'adulte soignant un homme malade ? Ai-je obéi à cet instinct qu'ont les hommes à exagérer quand on leur « donne » un brin de pouvoir ? Suis-je devenue une kapo ? J'ai honte. Bon Dieu, pourquoi ai-je obéi au doigt et à l'œil à tous ces médecins, moi qui n'accepte pas de remède pour moi, préférant les rebouteux, les faux médecins qui vous prennent les deux pouls ou vous regardent le fond de l'œil et vous apprennent, hauts et sûrs, ce que vous savez déjà. Je ne prends d'ailleurs pas plus leurs tisanes ou graines de quelque chose que les autres médicaments, mais pour lui, je voulais obéir à la science officielle d'ici. Je voulais croire en elle alors qu'il n'y avait pas de remède pour ce qu'il avait et qu'un gâteau au chocolat l'aurait ravi jusqu'à ses derniers jours.

Sa non-vie est devenue ma vie. Je guettais ses sourires, que je voulais prendre pour des progrès. Je minimisais ses accidents de mémoire, ses gestes maladroits. Je faisais ce que je pouvais pour qu'il n'y ait pas d'« accidents » et qu'il ne se sente pas diminué. Mais les accidents physiques qui pouvaient lui arriver ne le gênaient pas. Alors que je pense qu'avant, lorsqu'il était lui, cela lui aurait été intolérable. Cela ne le dérangeait plus, ne l'ennuyait plus, indifférent à ce qui arrivait d'humiliant à son corps. Souvent, j'ai remercié cette maladie qui donne cette grâce à celui qui en est atteint.

Ça y est. Il a pris quatre objets pour marquer les angles, quatre petites statues qui se trouvaient là. L'une représente une femme enceinte. Le sait-il ? L'a-t-il vu ? Il se redresse, se tient cambré, le ventre en avant... une main sur son ventre. « Francette, je suis désolé de t'avoir réveillée, mais je vais accoucher de maman. C'est pour bientôt, je le sens, tu me comprends. » Et je lui dis que je le comprends. « Alors, s'il te plaît, il faut que tu prennes une grande bassine et que tu l'emplisses. » Il a roulé un tapis de chaque côté, je l'ai aidé, « emplis d'eau cet espace, je vais m'allonger dedans et elle va naître, c'est imminent, tu sais ». Très calme, je lui explique que je ne peux pas mettre d'eau sur ce parquet, même si je mettais une toile cirée par terre, ainsi qu'il me le suggérait, parce que nous avons déjà eu des problèmes de fuites avec les voisins du dessous ! Il sourit : « C'est vrai que nous avons eu des démêlés grand-guignolesques avec eux. » Le dos cambré, le ventre en avant, d'une main il soulage et masse le creux de son dos. J'apporte des couvertures... Dès qu'il avait commencé à s'agiter, je lui avais donné une dose supplémentaire de calmants. Tant pis s'il dort trop demain, mais je ne veux pas le laisser aller au bout de cet accouchement impossible qui lui donne pourtant un visage si radieux, si épanoui, et il s'engourdit. Alors je l'allonge là où tout est préparé, m'allonge près de lui et nous dormons.

Il dort, beau, son visage est détendu. Je l'ai pourtant assommé à coups de trop de calmants tant l'angoisse qui l'habitait était douloureuse tout à l'heure. Douloureuse pour qui ? Pas pour lui, pour une fois son visage rayonnait, mais pour moi. Oui j'ai eu peur, comment allait-il sortir de cet accouchement ?

Et puis il se réveille alors qu'il est plus de minuit et que les calmants avalés auraient dû le laisser endormi jusqu'au matin. Il a l'esprit clair, il se lève presque sans effort, me dit de me lever aussi, précis, les mots justes, il m'explique, à nouveau, que je dois l'aider. Il lui faut une longueur de cinq mètres sur une largeur de quatre mètres. Il mesure à l'antique, à l'aide de sa main droite et de sa main gauche, dont il connaît, en centimètres, les tailles exactes lorsqu'elles sont tendues. Ses mains sont merveilleusement précises et il a retrouvé ce mouvement, toujours le même pour que son pouce droit s'accole à son auriculaire gauche quand il change de main et calcule mentalement les centimètres. Il doit accoucher à nouveau, cette nécessité vitale est trop forte pour mes calmants.

Je n'ai plus peur ni ne suis agacée devant cet étrange accouchement. Tout à l'heure je ne l'ai interrompu que pour qu'il n'ait pas de chagrin... Peut-être aurais-je dû le laisser aller plus loin, peut-être qu'en lui il avait la solution ? Il a toujours vécu en grande intimité avec sa mère morte, mais moi je n'avais pas ces liens-là avec elle. Et je ne suis pas malade et mon cerveau n'est pas abîmé, alors je n'ai pu que lui donner un médicament inventé par les hommes normaux et je l'ai peut-être empêché de mettre au monde, à nouveau, sa mère. Trop normale, c'est moi qui ai gagné en le faisant dormir. Pas de quoi pavoiser, d'autant que ce réveil a été trop bref, je l'avoue, je lui ai redonné des gouttes lorsqu'il s'est redressé... Il dort debout et j'ai beaucoup de mal à l'allonger avant qu'il ne tombe. Il dort, il dormira jusqu'à midi passé et je ne saurai jamais comment il aurait accouché de sa mère.

C'est fini. Je ne le ferai plus. Je n'appellerai plus. Je n'aurai plus peur. S'il tombe dans la maison, je le couvrirai et resterai près de lui. C'est fini. Je ne veux plus que d'autres le touchent, le portent. Il ne sortira plus de chez nous. Je ne veux plus aller dans cette salle des urgences où j'avais fini, pourtant, par prendre mes marques. Je ne veux plus voir les soignants et les soignés baigner dans ce magma de décisions accumulées prises en haut lieu par des humains qui ne sont sans doute jamais venus voir !

Peut-être que si d'ailleurs. On en voit parfois, des grappes d'humains au visage de circonstance qui inspectent, les yeux en l'air et le nez pincé... Au retour, ils recomposent un nouveau décret, une nouvelle application qui, ajoutés aux ordres, ne provoquent plus que du chaos : on dirait que les urgences des hôpitaux à Paris sont régies par un robot aux connections sabotées ou bouffées par les rats que l'on peut voir dans les sous-sols.

J'appelle notre médecin traitant, ami de nos enfants, qui n'a pu qu'assister impuissant à cette descente inéluctable. Il me gronde. Je crois même qu'il va jusqu'à un « vous cessez de le soigner ?... l'hôpital peut vous aider ». Alors je rigole. Non, l'hôpital ne peut plus l'aider ni m'aider. Le moment est venu de nous rapprocher... de nous serrer et d'attendre la mort pour lui, ensemble. Je le dis à notre fille. Elle se tait d'abord, gorge nouée, et me dit qu'elle me comprend, que j'ai raison. J'avais besoin de son acceptation.

Lancinante question.

Mais alors ? Lui, dont c'était l'obsession de ne pas vivre diminué intellectuellement, pourquoi est-ce qu'il ne me demande pas de tenir ma promesse ? J'ai besoin qu'il reformule sa demande sans cela je n'y arriverai jamais.

Il me l'a demandé avec son regard et sa bouche tordue, serrée de rage tandis que j'essayais de le nourrir un peu. Cette fois, j'ai compris et sa rage voulait me dire que j'étais une imbécile ou que j'étais une lâche. Les deux ?

Son regard est perdu. Loin. Et cela depuis des jours et des jours.

Mais aujourd'hui, Iani a retrouvé tout de son intensité. Il s'est redressé, me fixe au visage, dur. Il veut me donner un ordre, c'est évident, il a assez aimé cela... et moi, vieille petite fille, un rien tricheuse, m'en suis toujours parfaitement débrouillée, pour finalement ne faire presque que ce que j'ai voulu. Cette fois, c'est sûr, il veut me rappeler ma promesse d'il y a cinquante ans, et renouvelée chaque année, l'été lorsque nous regardions la mer, le soir : « Jure que tu ne me laisseras jamais perdre la tête et que si... tu feras ce que tu dois. – Je te le jure. » J'étais sûre de moi. Je ne lui ai jamais demandé la réciproque, « sûre » que je saurais me débrouiller seule ! et je ne voulais pas lui donner cette tâche, lui le guerrier, le combattant, le dur. Je l'ai toujours su bien trop fragile pour assumer ce geste.

Il serre les mâchoires, refuse ma mixture de légumes broyés et de jus de viande avec une petite cuillère pour enfant que l'on glisse de biais. Il serre ses lèvres : il ressemble tant à son père mort à quatre-vingt-seize ans avoués.

Le médecin ami qui le suit depuis plus de dix ans et qui a promis, devant ma demande non muette, recule. Oui, il a promis, mais il ne peut pas, et il a un sourire navré : « *Sorry*. » Je le ferai seule...

Je demande des conseils à son diabétologue. Lui aussi recule, trop dressé à prolonger les humains, même s'ils n'en sont plus. « Et si vous le loupez, il y en a tant qui s'y sont essayés et que l'on retrouve encore plus abîmés. »

Il se défile. Nous sommes tous les deux, seuls devant la maladie.

À dire vrai, il était évident que ceux-là me diraient non. Je le savais et si c'est à eux que j'ai demandé c'est que je n'étais pas prête. Car comment le redire sans se répéter, cette non-vie à deux m'est douce : les heures de piqûres, de douches, de soins, de repas ponctuent et rythment nos journées. Il n'y a place pour rien d'autre. Vannée, liquéfiée, je prends un somnifère à dix-neuf heures trente, comme lui, et je dors jusqu'à quatre heures du matin et là, je vais à ma table de travail et écris jusqu'à huit heures, l'heure de la première piqûre. Nous avons trouvé notre rythme. Non. J'ai trouvé mon rythme et un certain équilibre, mais lui ?

Désormais, dès qu'il le peut, il se raidit et tout en lui m'injurie, je ne tiens pas ma promesse.

Alors je cherche et bien sûr qu'il existe des êtres qui acceptent de vous aider.

L'homme est venu un soir. Lorsque j'ouvre la porte, je suis frappée : Don Quichotte, il est Don Quichotte, casqué, un long imperméable de vacher américain, des yeux qui vous fouillent, un sourire plein de générosité, cet homme, ce docteur aime les humains, et c'est pour cela qu'il lui arrive de les aider à s'en aller quand ils n'en peuvent plus.

Il entre dans la chambre... se penche sur le vieux monsieur. J'ai pour habitude, lorsqu'un médecin l'ausculte, de m'allonger près de lui. Il est, en tout cas je le crois, moins nerveux car il a horreur qu'on l'ausculte, le bouge, tout désormais le dérange, lui fait mal et son corps alors tremble. Et soudain, là, il n'a pas cessé de me tenir la main et d'essayer de prononcer mon prénom en me souriant tandis que l'homme tentait d'engager une ébauche de conversation avec lui. Une fois sorti de la chambre, le docteur s'est redressé, a dit et il a eu raison – ô vous les gougnafiers qui parliez de lui très fort à son chevet comme s'il ne comprenait déjà plus, je vous hais et vous haïrai jusqu'à la fin de ma vie, ne croisez jamais plus mon regard –, il a dit : « Mais il y a encore des liens très étroits entre vous, vous avez des échanges – cela a été vrai jusqu'à la dernière seconde, non je ne suis pas une légitime qui se vante ! –, on ne peut les rompre. » Il avait raison, le temps n'était pas encore venu. Il est reparti, me redisant que je pouvais l'appeler si j'avais besoin de parler, et que, oui, il serait là quand il le faudrait.

A-t-il compris qui était cet homme ? Et pourquoi il était là ? A-t-il demandé une rémission ? Je ne le crois pas. Il voulait en finir, mais je crois que son corps a réagi à un vieux réflexe de mâle méditerranéen, ce qui était pourtant assez bien caché chez lui, en public, avant sa maladie. C'est fou ce que cet homme tellement en avance sur son temps avait des réactions contre lesquelles il luttait assez peu, des réactions ancestrales. En effet, lui, passé l'affolement qu'ont eu nos corps l'un pour l'autre, a pu me tromper car, lui, c'était « sans importance et gravité ». Si moi je pouvais ? La réponse qu'il faisait était beaucoup plus « délicate » et éminemment réactionnaire et classique. « Toi, c'est pas pareil, tu es ma femme », tiens donc !

Aujourd'hui il a son regard à lui, pas le vague, l'hébété que lui donnent la maladie et les médicaments, mais qui est plus tolérable que celui qu'il a quand il a peur de quelque chose qu'il est le seul à voir ou à entendre. Il est loin, mais sait qui il est, qui je suis. Allongés. Midi-dix-huit heures, main dans la main, il lui arrive de tellement serrer que nos articulations sont blanches, et une fois de plus c'est son « tu entends le piano ? C'est maman, elle joue là dans le petit salon à côté. Il ne faut pas y aller quand elle joue ». Ô la belle éducation des années vingt-cinq chez les gens bien.

Il n'y a toujours pas de piano, ni ici ni à côté. La télé est allumée sans le son. Il aime les images. Voilà Derrick, Derrick et ses poches sous les yeux. Et comme les séries ne passent pas dans l'ordre chronologique, ses valises sous les yeux vont du petit sac de voyage à la malle-cabine, au gré des jours... Et son éternel second, condamné à un rôle muet, vire de temps à autre du blond-archange au roux Régé-color-retour-d'âge-avancé, tandis que les ans s'affaissent autour de ses hanches et gonflent son veston.

Parfois il s'agace, il veut les images d'avant, encore. « D'avant, lesquelles ? – D'avant. »

Oui, nous étions vieux, et lui inexorablement malade, lorsque nous avons relevé la tête de nos tables de travail, mais l'un et l'autre nous avions surmonté ou plutôt supporté la béance de nos enfances saccagées différemment, mais saccagées. Mais à quel prix pour lui ?

Et puis, même soutenu par deux personnes pour aller jusqu'à la douche où on l'asseyait, son corps n'a plus pu. Alors, assis, lié sur une chaise métallique posée sur un de ces tapis rouges grecs à longs poils, nous l'emmenions jusqu'à sa salle de bains. Là, je m'asseyais sur la chaise et, petite plume, on l'asseyait à son tour sur mes genoux, je l'enlaçais et J.L. nous douchait et je riais pour essayer de faire s'éloigner la gêne qu'il aurait pu ressentir... Mais il aimait tellement l'eau sur son visage, sur son corps, qu'il arrivait qu'il rie aussi. Il fallait être rapide, il tremblait si vite.

Un matin il s'est mis à mal respirer. J'ai cru que je lui avais fait prendre froid en le lavant désormais dans son lit. J'ai appelé le médecin du quartier, un homme qui vient à domicile et ne repart jamais sans sourire au malade, ni sans dire un mot chaleureux à ceux qui restent enfermés avec lui.

« Votre mari n'est pas enrhumé, il est entré dans le coma », et de se pencher et de le pincer. Je me suis jetée sur lui : « Vous lui faites mal, comment pouvez-vous ? » Il ne lui faisait pas mal.

Trois jours, trois jours où il est resté immobile sans qu'on lui humecte les lèvres, elles n'étaient pas même sèches, toujours belles, rebondies. Si on se penchait un peu trop violemment vers lui, son corps se mettait à trembler et seules les caresses sur sa tempe le faisaient se calmer. À l'aube du quatrième jour « quelque chose » m'a réveillée. Je dormais depuis plus de dix ans sur un canapé à côté de lui. Il avait son visage tourné vers moi, il me regardait, lucide, absolument lucide, avec j'en suis sûre un peu de peur dans son regard. Son souffle était ténu et rare, mais il ne souffrait pas. Accroupie près de lui, je lui ai caressé les tempes, c'est ce que faisait sa mère quand il faisait ses colères, enfant, devant ces frères qui ne cessaient de naître ! « Ça va aller, ça y est, Iani, tu vas mourir... mais après tu vas dormir, dormir... tu vas voir, ça n'est rien. » Oui, j'ai dit ça n'est rien, et puis je lui ai aussi murmuré des petites choses à nous, mais je ne suis pas sûre qu'il m'ait entendue. Il est mort en deux expirations douces. Il souriait, apaisé, et moi, le petit souffle qui est parti de lui, je l'ai repris et avec j'ai respiré très fort. Il en avait fini de ne plus être lui.

Et moi, j'avais cessé de le trahir, mais je porte en moi le poids de cette trahison ; je n'ai pas tenu ma promesse, je n'ai pas avancé sa mort. Il s'est débrouillé tout seul.

Certes, dès le coma annoncé, officialisé, j'ai cessé les piqûres et là j'ai compris qu'il m'aurait suffi, il y a quelques années de cela, avant que les escarres n'arrivent et que je lui emboîte les talons dans des demi-oranges – vieux remède qui est le seul à apaiser un peu les douleurs d'un talon à vif –, qu'il m'aurait suffi d'arrêter les piqûres... et en trois, quatre jours, il aurait sombré dans un coma hypoglycémique ou hyperglycémique, qu'importe. Je ne l'ai compris qu'après. La solution était là devant moi. Je ne l'ai pas trouvée avant.

Il en avait fini de ne plus être lui, et moi j'avais cessé de le trahir, mais je ne suis pas libérée. En effet, je n'ai pas tenu ma promesse, et mes promesses avec lui je les tenais toujours et lui avec moi. Il croyait en moi et je ne l'ai pas aidé, je n'ai pas interrompu cette vie dont il ne voulait plus. Je n'ai pas su ou je n'ai pas voulu.

J'ai bien rappelé un matin le médecin Don Quichotte, mais il n'était pas en France.

Je n'ai pas pu ou j'ai trop tardé, monstrueusement égoïste, « y trouvant mon compte », comme on dit, formule horrible s'il en est. Je m'étais habituée à ces dernières dix, douze années où lui et moi étions gérés, dominés, enfermés par la maladie. J'aimais, oui j'aimais mes après-midi mises bout à bout, cela fait un bon bout de vie et de chemin, mes après-midi où je m'échappais, non le terme n'est pas exact, où je m'enroulais dans le sommeil, ma main dans la sienne si souvent glacée, mais vivante. Nous vivions encore, je le croyais en tout cas. Certes, nous étions emmurés, mais j'ai aimé cet emmurement. Ai-je inconsciemment prolongé cet état pour moi ?

Il me souriait souvent et son sourire était ce qu'il y avait de plus beau, de plus désarmant, de plus pur en lui.

Dimanche, cinq heures vingt-cinq du matin. Iani est mort. Ses poumons ont inspiré, ils n'ont pas expiré et ma poitrine s'est soulevée avec la sienne encore une fois et puis elle a continué, j'ai repris son souffle. Il est libre. Il ne souffre plus. Il n'essaiera plus de murmurer : « Fa-ti-gué. »

Lundi : sérénité totale. Je m'assieds dans la chambre à côté de lui. Je lui parle.

Mardi : le manuscrit d'une amie est accepté chez un éditeur. Nous fêtons cela. J'entends un rire : c'est moi. Je rentre lui raconter.

Mercredi : le protocole de la mort se met en marche. Le cercueil est si étroit qu'il y est aussi inconfortable que dans son kayak. Bien fait. Je le lui dis.

Jeudi : il brûle ainsi que la rame que Mâ et moi lui avons glissée sous le bras avec son Platon favori.

Ses cendres dans l'urne sont chaudes. Je la ramène à la maison, serrée contre ma poitrine, mon manteau autour. J'avais ramené notre fille de la maternité à la maison de la même manière.

Le corps sécrète-t-il un produit qui lui permet de si bien traverser ces jours-là ? Je n'ai pas pleuré. Je n'ai pas encore pleuré. Je sais qu'il est mort. Je ne l'attends plus. Quand la porte de l'immeuble tape dans la nuit, je sais que ça ne peut pas être lui et je n'attends pas le bruit de ses clés dans la serrure. Plus jamais il ne me dira : « Raconte-moi quelque chose de drôle » et moi je ne pourrai plus ronchonner et maugréer que je ne sais rire qu'avec un ou une partenaire qui renvoie la balle, que c'est un jeu à deux, à trois... pas à un.

Le soulagement que j'ai ressenti quand il a cessé de respirer ne s'est pas atténué, il ne s'atténuera pas. Vivre ce qu'il « vivait » est indécent et je suis heureuse, oui, que ça soit fini pour lui. À moi de me débrouiller pour survivre seule. Il était mon tuteur, mon maître. Je l'aimais. Je l'aimais comme il arrive qu'une femme aime un homme.

Voilà. Voilà.

L'enfant est petite. Depuis un moment, elle veut caacaa.

« Enfin, c'est inimaginable, tu ne vas tout de même pas conditionner cette enfant et lui imposer des heures qui ne sont pas les siennes. Accoste. Je t'en prie.

– Mais il y a du monde sur la plage.

– Et alors ? »

Il grommelle, s'approche.

« Le fond est trop abrupt, on ne pourra pas se poser de front ou alors le dernier rouleau nous retournera...

– Est-ce que tu te fous de moi ? Ne peut-on accoster avec ce bateau ? N'est-ce pas justement pour cela que tu veux cette marque-là, parce qu'il peut aller partout ?

– Caacaa. »

Nous nous approchons du bord. À petits coups de rame, de biais pour feinter la vague et voilà qu'un malabar plus que parfait se dresse sur un coude ; c'est un malabar qui sait et regarde les prémices de l'accostage. L'enfant a l'œil fixe. Concentré. C'est urgent. J'aurais compris que l'on recule et aille plus loin, je sens l'incident venir mais on n'a plus le temps, c'est visible.

« Mais monsieur, mettez-la dans le sens de la vague, votre boîte à cigares. »

Et le voilà, lui qui à seize ans apportait encore chaque jour un bouquet à sa demoiselle, lui qui sait s'il le veut baiser les doigts des dames entre quinze et trente ans avec un raffinement d'où le plaisir de troubler n'est pas absent, lui qui sait aussi pour celles qui atteignent des âges plus marqués les leur baiser en leur laissant penser que rien n'est perdu ; lui, le petit garçon qui dînait en pantalon de velours et jabot de dentelles, c'est lui qui se dresse là, en primate horrible, épaules en avant : « Vous ne voyez pas que c'est un kayak et qu'une vague rouleau ça se prend... Gras à lard, vous suintez l'huile à salade, l'Ambre solaire et le pastis.

– Paapaa caacaa. »

Il continue, l'autre se déploie lentement, se veut félin, félin enrobé, très enrobé.

« Si vous faisiez du sport au lieu de vous dorer, vous seriez moins con. »

Dans deux minutes, ça va être son poing sur la gueule à moins que l'autre ne le prenne de vitesse. J'ai peur, une peur panique de toutes les scènes violentes et suis prête à toutes les lâchetés pour les éviter.

« S'il te plaît. »

Coup d'œil péremptoire. C'est une histoire d'hommes. Il est prêt à assommer ou à se faire assommer.

« Laisse-moi je te prie. Je veux montrer à ce malotru ce que... »

Ledit malotru est debout maintenant, il a rentré son ventre, ses biceps sont comme deux grosses ventouses surajoutées à ses bras. Il prend son élan... s'appuie sur un pied, se balance, hésite, ne sait pas encore sur quel pied il va se lancer à l'assaut.

« Mais c'est vrai que tu n'avais qu'à le mettre dans le sens de la vague ton suppositoire. »

(Je suis horrible.) Si j'avais dit cigare, c'est moi qui l'aurais eue la gifle.

Suppositoire, il est surpris, la colère se reporte sur moi mais déjà essoufflée, il a eu le temps de reprendre haleine, l'envie de taper s'est éloignée... Mais c'est l'autre maintenant qui a des démangeaisons dans les membres supérieurs. Ça s'arrangerait si le Maître disait : « Allez, je gare mon cigare et on va prendre un pastis quelque part. »

Oui, mais le Maître ne boit pas de pastis quelque part.

Alors moi, derrière son dos, je souris et je fais « chut », mutine, au gros monsieur.

Étonnement dans les yeux du molosse. Je l'entends penser : « Est-ce qu'il est malade ? Pas normal ? En tout cas la petite dame me le demande. Alors j'écrase. »

J'ai fait passer le Maître pour un cul-de-jatte, un manchot, un unijambiste à la prothèse fabuleusement bien faite. Tant pis. Mais il n'y aura pas eu de bagarre. Je me demande jusqu'où je pourrais aller pour en éviter une et cette peur qui me noue les entrailles depuis *toujours au moindre affrontement. (Ça vient sûrement de votre enfance, madame. – Sûrement, docteur.)*

L'œil noir, il fait virer le bateau. La petiote ne dit plus rien. Plus envie ? Trop tard ? Il faut repartir, vite, très vite. Que le demi-tour soit impeccable, que les mouvements de rames soient synchrones.

Ce qu'il rame bien et les beaux muscles longs sous la peau élastique !

Une vague de plein fouet, on l'a mal prise. Eau de partout. C'est de ma faute. Il paraît que je rame à contretemps, que je coupe le mouvement et qu'ainsi la vague se casse sur nous. Sale type. Juste quand je le trouvais beau et que je venais de le sauver d'une mort laide.

« Dis donc, pourquoi il s'est arrêté le type ? Tu n'as rien dit, rien fait ? »

Regard pur.

« Tu m'as entendue dire quelque chose ? Tu sais, les gros, ça se déballonne souvent. Non, il a dû avoir peur de toi ?

– Tu crois ? »

Ô Homme.

Moi, j'aime pas la mer

Parce qu'il est en paix, je suis en paix.

Du même auteur

Aux Éditions Albin Michel

MAMAN, JE VEUX PAS ÊTRE EMPEREUR

Chez d'autres éditeurs

LE PETIT CAILLOU
DES DIMANCHES ET DES DIMANCHES
AUX LÈVRES POUR QUE J'AIE MOINS SOIF
ELLE LUI DIRAIT DANS L'ÎLE
(éd. Robert Laffont)

ZUT, ON A ENCORE OUBLIÉ MADAME FREUD
MOUCHE-TOI, CLÉOPÂTRE
LA VIE EXEMPLAIRE DE RITA CAPUCHON
CHÉRI, TU VIENS POUR LA PHOTO
(éd. Jean-Claude Lattès)

ÉCOUTE
ET ALORS LES MORTS PLEURERONT
(éd. Gallimard)

LA NATTE COUPÉE
ATTENDS-MOI
(Prix des Libraires 1993)
(éd. Grasset)

MOI, J'AIME PAS LA MER
LE TEMPS USÉ
(éd. Balland)

L'ÉCRIVAIN OU LA SIXIÈME ROUE DU CARROSSE
(éd. Julliard)

DÉSOLÉE, MAIS ÇA NE SE FAIT PAS
(éd. Plon)

SOLEILS
(éd. Nadeau)

La composition de cet ouvrage
a été réalisée par I.G.S. Charente Photogravure
à l'Isle-d'Espagnac,
l'impression et le brochage ont été effectués
sur presse Cameron dans les ateliers
de Bussière Camedan Imprimeries
à Saint-Amand-Montrond (Cher),
pour le compte des Éditions Albin Michel.

Achevé d'imprimer en octobre 2002.
N° d'édition : 19358. N° d'impression : 024820/1.
Dépôt légal : novembre 2002.
Imprimé en France